发 现 闵 行 之 美 · 闵 行 区 政 协 文 史 丛 书

民艺乡俗 辑

小辰光，那些故事

闵行民间文学汇编

徐晓彤 主编

上海书店出版社

SHANGHAI BOOKSTORE PUBLISHING HOUSE

总　序

祝学军

习近平总书记指出，"文化自信是一个国家、一个民族发展中更基本、更深沉、更持久的力量。"

闵行区承上海县700年历史文脉，更有史前"马桥文化"5000年之历史渊源和深厚积淀，其前身上海县的立县历史可追溯到元代至元二十九年（1292），是上海"建置之本"，人们口中的"先有上海县再有上海市"并非妄语。明清时期的上海县交通便捷、经济发达，受松江府城的近距离辐射，经济、文化、城镇发展均优于其他地区；在近代城市化进程中，既没有彻底洋化，也没有固守不变，从而成为农耕文化、商贸文化与近代海派文化的相生、相融之地，独具地域文化特色。

改革开放以来，闵行区经济社会发展成就显著，经济总量、财政收入、居民生活水平、城市化进程、公共服务等诸多指标均位列上海各区前茅，闵行经济技术开发区、紫竹高新区、莘庄工业区引领经济发展。所以，闵行是上海的工业基地、科创新区，也是当之无愧的经济强区。同时，闵行集聚了上海交大、华东师大、航天八院、中国商飞等众多高校科研机构，各文化艺术门类、文化艺术团队及文化名人遍布全区各地，是上海的人文高地和名副其实的文化大区。

闵行区的前世今生，堪称海派文化的发祥之地。闵行区政协牢记肩负的文化使命，若干年之前，区政协文体委就组织开展了闵行文化资源的调查，据当时调查报告所示，作为闵行区文化资源重要组成部分的地方历史文献，未能及时系统整理出版，为此提出了相关建议。2017年，区六届政协工作开局之初，就着手筹划闵行文史资料的编撰出版工作，由学习和文史委员会负责编制本届政协文史资料编撰出版工作规划，定名为"发现闵行之美"系列丛书，秉承"以人存书""以书存史""以史为鉴"的原则，计划每年编撰出版一辑5册，共五辑25册，分五年完成。从"民艺乡俗""岁月有痕""老巷陈香""故土之韵""百舸争流"五个方面，集结闵行历史文化之精粹，以飨众多闵行和上海读者。

编撰过程中，也碰到了很多困难，但有幸于闵行丰厚的历史和历代先贤留下的文化瑰宝，让我们充满底气；政协委员和社会各界的鼓励和支持使我们信心倍增。热切期盼得到社会各界持续关注、支持和热心指导。

让我们共同努力，传承好闵行灿烂的历史文化，谱写好未来的美好乐章！

目 录

第二部分 村野问俗

第三部分　乡声俚语

故事，需要讲下去

代序

没有人能够拒绝故事的吸引。

小时候在乡下，一到夏天，最惬意的事情莫过于，傍晚吃完晚饭在屋前的场地上纳凉，支着个小板凳，伴着蛙鸣蝉叫，听爷爷奶奶讲着与本地有关的故事。各种历史传说、趣事轶闻，还有那吓丝丝的山精鬼怪、神仙妖魔，在老人的嘴里娓娓道来。虽然有的故事荒诞不经，但在那晚风清凉的夏夜，那故事里的迂回曲折和人情世故却让我百听不厌，成为童年里的宝贵记忆，日久弥新。

那时候不知何为民间文学，长大后才知道我们从小就接触着民间文学的熏陶。民间文学，是广大劳动人民口头创作、口头流传，并不断集体修改、加工的文学，它包罗万象，神话、传说、史诗、歌谣、谚语、歇后语、谜语、民间说唱等，蕴含着人民群众的思想观念、风俗习惯、生活方式、情感样式、表达形式。

在中国，民间文学传承久远，且丰富多彩、博大精深，尤其是志异故事更是引人入胜。譬如人们耳熟能详的《山海经》《搜神记》《太平广记》……到后来蒲松龄的《聊斋志异》、纪晓岚的《阅微草堂笔记》和袁枚的《子不语》等，基本属于民间文学的范畴。这些书中的故事大多原是村野乡人口口相传而来，经文人雅士收集整理，再创作，用文字的形式记载下来，则变得更加有趣、生动，又带着深厚的乡愁烙印和地域特色，让人念念不忘，梦里萦绕。它们是我们民族的文化基因，是塑造当代中国人文精神的重要力量，为中国文化在世界范围的传播提供了原创性的精彩文本及样式。

闵行，经历了千年的历史积淀和文化传承，有着丰富的民间文学基础。它们是民间智慧和经验的结晶，更是时光在闵行这方土地上驻足并留下的印记。

而如今，随着城市化进程的加快，外来人口的大量导入，原住民因动拆迁分散而居，以及阅读形式的骤然变化，人们的思想观念、生活方式和审美趣味都发生了很大改变。民间文学面临着严峻的冲击，已是千疮百孔，在日常生活中渐渐消弭。所以抢救、保护这些散落在闵行这片热土上的文化遗产、对闵行现存民间口头文学进行深入发掘和永续传承，是每一个本土文化工作者的共同心声。

早在20世纪八九十年代，经过众多民间文学工作者的努力，形成了《中国民间文学集成上海卷——上海县分卷》《中国民间文学集成上海卷——闵行区故事、歌谣、谚语分卷》《中国民间故事全书·上海·闵行卷》等重要文字资料。

而我们这本《小辰光，那些故事——闵行民间文学汇编》，作为"发现闵行之美"文史系列丛书中"民艺乡俗"辑中的一册，则是从上述资料和各种乡志镇志中所记载的民间文学中梳理、选取部分经典故事，同时又参考了很多其他方面的文史图书编辑而成的。

在编辑这本书的时候，我们在现有文字资料的基础上，再次进行整理和加工。从口头文学到书面文字，在尽量保持民间文学"原始状态"的同时，紧扣本土特色和风情，当然也在所难免地对部分内容进行修改编辑，取其精华，去其糟粕。当你翻开这本书的时候，确能感受到浓郁的民艺乡俗、生活气息，感受到普通百姓对美好生活的期待和向往，和英雄人物英勇无畏、惩恶扬善的正义力量。

把历史遗产收集整理成书，无疑是一件具有深远意义的浩瀚工程。在此，我们再次感谢所有参与和支持闵行民间文学集成编撰的本土文化工作者们，正是因为他们多年来不遗余力地耕耘其间，才使得闵行的民间文学熠熠生辉。当然，我们更希望越来越多的人能重视和加入民间文学的传承工作，让其更加丰富和完善。

民间文学是文化生活中不可或缺的一部分，是乡愁所系，具有着故土情怀的深深印痕。我们需要去打捞属于自己的故事，更需要把故事讲下去。

编　者

2019年10月

第一部分　静夜闲听

端　坊

在马桥镇联工村有个叫端坊的村宅，关于它，还有一个传说呢！

清朝乾隆年间，有一个顾姓青年从浦东郝桥搬到了此地。他苦心攻读，二十二岁考上科举，成了名，做了七品县官。娶了个妻子乔氏，三年后生了个千金，取名叫烈仙。县官求子心切，又娶了个小妾姚氏，并带了妻妾同往庙宇，拜见观音菩萨，焚香许愿，盼生贵子，使顾家传宗接代。结果事与愿违，姚氏也生一千金，取名凤仙。以后，妻妾都不再生育了，因此顾知县闷闷不乐，心里盘算着再娶小妾生个儿子。夫人乔氏得知后，好言相劝，劝他不要再糟蹋人家黄花闺女了，把两位千金抚养长大，不是也有依靠了吗？知县想想是有道理，也就放弃了原来的打算。

再说，两位千金小姐聪明伶俐，四书五经读得滚瓜熟烂，而且会棍棒拳术，武艺出众。烈仙比凤仙长三岁，姐妹两人同在书房里吟诗作画，有时到后花园去玩枪弄棍，相处得蛮融洽。知县看在眼里，心头满是欢喜。

烈仙十六岁那年，顾知县的同僚们纷纷前来取八字做媒。结果，知县允了松江府何知府的儿子，真是门当户对。知县与夫人乔氏商议后，忙着为女儿筹办嫁妆。转眼两年过去了，凤仙也已十五岁了，来说媒的少说也有七八家。结果，知县点头答应，把凤仙许给娄县唐知县的儿子唐正文。

那一年夏天，正巧疫病流行。顾知县也得了肚痛腹泻病，想不到一夜之间竟急病身亡。乔、姚两位夫人以及两位千金哭得死去活来。好在家里的老总管十分能干，帮县太爷买棺成殓，将丧事料理得有条不紊。两位夫人和小姐终日守灵，待七七四十九天刚过，想不到又传来噩耗：烈仙的郎君——何知府的儿子不幸也染上急病身亡了。这一下对乔氏母女来说，真是雪上加霜。好在有姚氏母女百般相助，才总算熬了过来。

烈仙未过门，丈夫就已夭折，不知有多少人为她惋惜，也不知有多少人劝她另择夫君，但烈仙都拒绝了。她对叔叔伯伯们说："我虽然未过门，但生为何家人，死为何家鬼，不会有任何其他念头。"母亲乔氏也曾再三相劝，要女儿改变主意，但烈仙照样毫不动心。这样折腾了两年，人们也就放弃了为她做媒的念头。

那一年，喜报匆匆飞来，妹夫唐正文进京殿试，授官"传胪"。这年年底，唐传胪获恩赐回家成亲。乔、姚两夫人又忙碌了一阵子，又多亏那位老总管胸有成竹，忙而不乱，把婚事办得十分顺利。妹妹凤仙出嫁那天，烈仙既高兴又悲伤，她为妹妹凤仙梳妆打扮好后，马上离开凤仙房间，她认为自己是孤孀，不宜在她房内久留。她回到自己房内，想到自己的不幸遭遇，忍不住哭了起来。

新娘子凤仙随新郎官唐传胪三朝回门，从娄县过来，一队人马数十个，挑礼的，吹吹打打的，护卫的，长长的一个列队。唐传胪身骑枣红马，凤仙坐着大花轿，丫头数名跟随两旁，一路风光来到顾家宅，拜见岳母姚氏、乔氏。

顾家自然大摆筵席，老总管受主人重托，指引大家入席。正厅上一桌是请唐传胪及小姐的，一般挑礼的随从在东、西两厢房内。这时，唐传胪内心有个疑问，他想：我大吉之日，为啥在堂上不见姐姐烈仙呢？我应当去请请她！他转身问了凤仙，并说依礼节上讲应当妹妹去请为宜。凤仙认为有理，夫妇俩就到烈仙房内去邀请。原来，乔氏也在女儿房内，传胪夫妇忙上前下拜请安，向姐姐问好。烈仙也以礼相待。刚坐定，唐传胪就说：你们姐妹俩，从小在一起长大，如今妹妹出嫁了，姐姐仍深居闺房，好不寂寞，还是到我家住上一年半载，消消气闷。烈仙连忙答谢说："我要侍候母亲，不能分身。"

当天，乔氏母女难却情面，陪同唐传胪夫妇一起入了席。酒席台上，老管家连连斟酒，传胪酒兴甚浓，四杯下肚就已经半醉，凤仙也觉得头昏目眩，起身到内房去吃杯凉茶。此时，唐传胪见姐姐生得如花似玉，比凤仙要胜过几分，竟然想以诗句来挑逗烈仙。只见他起身施了一礼："姐姐，我们各吟一首诗如何？"烈仙不知他的心思，随口便同意了。传胪面对烈仙，脱口吟了起来："仙女在月宫，冷漠伴过冬，青春有几何，随妹共享荣。"烈仙一听，觉得味道不对，正巧凤仙从内房出来坐定，就连忙拉住母乔氏的手，说身体欠佳，失陪了，逃离酒席进了房。

再说，这一年齐巧乾隆皇上南巡。这天，皇上从松江朝东走，骑马来到马桥的紫藤棚。他飞身下马，把马系在紫藤棚上，要紧四处暗访，此地有无贪官污吏，有什么奇闻怪事。有些老百姓告诉他：在端坊，有一个贞节烈妇，她未过门，夫君何公子暴死，事后她一直不肯出八字，不再嫁人……那些老百姓添油加酱，讲得有板有眼。乾隆听了，暗自吃惊，世上竟有如此奇女子？当即回到松江府，连夜召来唐传胪。传胪岂敢怠慢，星夜飞马去见皇上。乾隆叫唐传胪回去，如实将此事写成奏章送来。

不久，烈仙母亲乔氏终日忧忧郁郁而亡，烈仙也萌生了出家的念头。

正在此时，这天中午，唐传胪奉旨飞骑送来皇上圣旨，要为烈仙营造"贞节烈妇牌坊"。

传胪请来石匠，只用了三天，贞节烈妇牌坊已经完工。只见中间两根石柱高高竖起，足有一丈五尺，两边两根稍矮，也有一丈二尺许，石柱之间有石头横穿，横穿中央预留位置，将凿有"圣旨"两字的石碑嵌放上去。传胪摆好香案，焚香点烛，与烈仙、家人统统跪着朝拜。石匠们架好扶梯，小心翼翼地将石碑慢慢向上移动，端端正正嵌在牌坊横穿上。可是，没想到等石匠们转身要走时，石碑偏偏掉下来了。一连三次，都没成功。石匠工头说："你们还有不到之处吗？"传胪转头轻声问烈仙："你想想，还有什么不到之处吗？"烈仙想了想说："父亲在世时，人们都来取我的八字，父亲请了算命先生，那天在父亲的书房里，算命先生叫我把手心摊开来给他看，他竟然捏牢我的手，抓了几下，我忙把手缩了回来。"传胪又追问："你再想想，其他还有什么不轨之处吗？"烈仙回答："没有！绝对没有！"边说边把手指咬破，用鲜血在石碑上写了"贞节"两字。传胪说："好，再嵌放上去。"石匠们再一次恭恭敬敬地把石碑往上移动，说也奇怪，凿有"圣旨"的石碑竟然端端正正地镶嵌在牌坊的横穿上了，好像敲了铁销子一样，再也不掉下来了。

韩仓与韩湘子

在马桥镇西南角，靠近黄浦江，有个宅基叫韩仓，传说是八仙之一韩湘子居住过的地方。韩仓是由西向东"横流"的黄浦江第一个仓储基地，因为唐代韩愈的侄子韩湘子，年老辞官隐居于此，这里就叫"韩仓村"。

韩湘子自小学道，功夫蛮深，考中进士，做了官。他老了辞去官职，全家搬到云间（即当年的松江府，马桥韩仓村原为松江属地）造了十排九庭新房子，南到黄浦江，北到拖尾巴桥。

传说韩家还有四样世上少有的宝贝：一是金面杖，说是能撑得住太阳；二是朱砂屏风，说是把它顺手展开，天上就会现彩虹；三是小石磨，往磨眼里放一粒谷，磨子推一圈，就能碾出好几担大米；四是竹龙驹，虽说是竹篾编的，但骑上它可以一跃千里。

有一年，韩家四小姐要出嫁。韩湘子为了显示韩家的体面，把金面杖和小石磨作陪嫁。娶亲这一日，男家撑了只大船来了，韩家大管家对他们千叮万嘱："船行半路上，千万不能翻动嫁妆。"可是，这些人听了很不开心，还嘀咕了半天：一根金面杖，一架小石磨，再加一斗稻谷，舱里只占了只角落，有啥稀奇的！

嫁妆船轻飘飘地开了。船到江心，有个脚夫想看看"宝贝"，随手从斗里捏了一把谷，放进石磨眼里就推了起来，他刚推了一圈，白米就像水一样流了出来，眼睛一眨，中舱就满了，又一歇，前后舱也满了。大家这才明白，韩家为啥要千叮万嘱。可是懊恼已经迟了，一个浪头卷过来，连船带人沉到了江底。

几年以后，有个皇妃路过韩仓，看见此地有个这样的宅基，就想打听到底是啥人家。她来到韩家大门前，突然，皇妃身上挂着的珍珠，一颗颗"劈劈啪啪"地爆碎了。她吓坏了，立刻下令回宫。

回到宫中，皇帝一听这等怪事，光火了："这还了得！即刻与我将那怪物捉来！"皇上令下。一大群兵马将开进了韩仓。韩湘子得知，却不动声色，仍旧笃悠悠地吃着茶，关照家人到仓库里舀一斗黄豆，前去迎战。家人们晓得主人有"撒豆成兵"的法术。心也安了。可是，他们出门一看，皇家官兵黑压压一片，看得见龙头，望不见龙尾巴，心一慌，把一斗豆朝地上一倒，滑脚就溜。结果，一粒豆也没变成兵，而官兵们趁势冲杀过来，把韩家团团围困。韩湘子见法术无效，就带上朱砂屏风，骑上竹龙驹，腾云驾雾上天走了。韩家就此败落。

后来人们看见天上的彩虹，就讲那是韩湘子在翻看朱砂屏风；看见天上飞过的流星，就讲韩湘子骑着竹龙驹在巡游呀。

韩仓村在20世纪90年代中期已撤销，并入了隔壁的彭渡村。此地现有一个旅游景区叫"韩湘水文化博物园"，以古树、古桥出名。园名"韩湘"就是根据传说而来，导游向游客们介绍也是如此。

韩湘子骑竹龙驹巡游　施瑞康绘图

思乡的老榉树

马桥镇紫东路的上海光明乳业华东中心厂区这里有株老榉树，关于这棵树，民间一直流传着这样一个故事。

据说，此树系李姓由江北迁至江南落脚建村时就种植的，年代久远超过所标之200年。明末清初江北兴化一带连年灾荒，加之兵匪为害，老百姓生活在水深火热之中，大量百姓拖儿带女地逃离家乡，过着背井离乡四处流浪的乞讨生活。在这流浪大潮中，有一对李姓中年夫妻也带着两个年幼的儿子为躲年债辞别祖坟，捧一抔故土，取二株小树苗，渡过长江向江南一带沿途乞讨。

有一天走到女儿泾边时，他们饥寒交迫、贫病交加，实在走不动了，就在路边歇了下来。这时，一位途经此处的老婆婆见一男子带着病妇瘦孩，一筹莫展的情形，顿生恻隐之心，就对那中年男子说："看你这客人是外乡人吧？眼看天将下大雨，你们无处栖身，好在我家离此不远，客人若不嫌弃，就跟老身到家避避风雨吧！"那男子听老婆婆这么一说，知道救星来了，顿时跪倒在地向老婆婆连磕几个响头，千恩万谢，起身就跟着来到了老婆婆家中。

只见老婆婆家中茅屋三间收拾得倒也干净。老婆婆说："老身是孤寡一人，别无他人，只有几亩薄田，你们先在此暂渡难关。只要你们能吃苦肯干，在此挣口饭还是可以的。"从此，一家人就在此结茅为庐，安家落户。那中年男子就领着两个儿子将家乡祖茔边挖来的小树苗种在了茅屋的东西两头，并把家乡带来的一抔泥土放在了水井里，对两个儿子说："大狗仔、二狗仔，你们听着，从今以后这儿就是俺们的家了。老婆婆就是你们的亲奶奶。倘若这二株小树苗明春能生根发芽，俺们就在此安家过日子。倘若小树苗不活，那俺们就无缘在此了。"

时光荏苒，转眼已到春天，那二株小树苗居然萌发了新芽，把那大狗仔二狗仔乐得蹦蹦跳跳，兴高采烈。可是时隔不久，那妇人终因疾重不治而亡，那男人含泪将妇人草草埋在小树旁，守着二个孩子，日间为人打工，夜间打草鞋，搓草绳苦度时光。

可屋漏偏遭连夜雨，老天不佑命穷人，有一天他在给人家稻田里拔稗草时，脚上不幸被蛇咬了一口，当时只见伤口不大，出了点血，也不放在心上，继续做生活，直至感到头晕目眩、呼吸急促时，才发觉不妙，急忙跑回家中，那被咬之足已皮色发黑，肿大如柱。他自知危在旦夕，将二子叫到近前，嘱咐说："我命将休，你俩今后要听老奶奶的话，好好做人做事。这二株树是老家的根苗，你俩一人一棵，要好好保护，人在树在，树若死人必散，故乡的唯一念想啊！"不多时，男子便昏迷不醒，一命呜呼。孩子在老奶奶的帮助下，将父亲安葬在母亲一起。从此，一对孤儿在好心奶奶的照料下，渐渐长大成人，娶妻生子，一代一代繁衍下去。

直到清朝同治年间，那大狗仔二狗仔的子孙也不知是第几代了，只是那两株小树苗已长成了冠径十数米，远隔数里路都能看得见的参天大树。有一年夏天，一支军队途经此处，他们要向李家塘人收取粮饷。李家塘人说："俺们已经按律向官府缴过税赋了，已无粮饷可缴了。"军队见村民拒交粮饷，就将其族长吊在了东面的大榉树的枝丫上，下面堆放干柴，限他们半个时辰内必须交足若干粮饷，否则将引火烧人，李家人认为他们说说而已，拒不交粮饷。

结果时辰一到，他们果真引火烧人，烈火烤着了族长的鞋子、裤子，只见火苗在往上蹿，村民们见势不妙，恳求放了老族长，说我们凑粮交给你们就是了。军队见目的已达到，就让村民灭火放人。经这变故，一棵榉树已被烧毁，而另一棵大榉树主干严重烧伤，长势日趋衰弱，终使其主干完全枯萎，但其北侧之皮仍能顽强生长，且有华骝向北之志，树冠一直慢慢地向着北方家乡的方向延伸，直到长成今天的模样。

榉树（桑炯华 摄）

北桥为啥只是一个小镇？

北桥原有规模宏大的"明心寺"。单寺院房子就有五千零四十八间，完全可以称得上一座城市，而且当时街上有各种店铺，东西街长达一里，是秦始皇出巡时所筑驰道的必经之处。后来，又是上海县治所在地。

据说北桥人的老祖宗，养了个非常矫作，但又不识货的后生，是他把北桥成为一座大城市的希望给报销了。

有一天，一个云游道士手拿一段烂索头从普陀山下来，疯疯癫癫地向东而来，他所到之处，凡是看到第一个人，就要拿这段烂索头叫人起个恰当的名字。他路过松江的时候，第一个就碰到一位老农，当他让老农讲那名字的时候，老农说："这是绳。"道士点了点头走了，于是松江后来就成了一座大城，历史上不少朝代在那里设过府治。那道士离开松江以后来到北桥地面，一眼看见一个彪形大汉在路上打拳，道士立定下来，看了片刻，摇了摇头，大汉见这道士不为自己的花拳喝彩，心中很是不快，真想给他一点颜色看，谁知那道士低声下气，使他无法寻衅，于是他只好慢慢地走回家去。那道士却也不知趣，偏偏跟他同行，还搭讪着与大汉说话，大汉见道士死皮赖脸的，就怒气冲冲地问他为何还不走？道士说："有个难题无法解答，想请你帮助一下。"大汉一听哈哈大笑说："我人称万事通，随你什么难题也难不住我。"道士听了很高兴，就拿出这段烂索头叫大汉起个名字，大汉见道士竟让自己解答这个连三岁小孩也懂得的难题，笑得连嘴也合不拢来。一面随口说道："这段烂索头你也不懂，还亏你是个云游道士呢？哈哈哈……"大汉说罢，再也不愿睬那道士了，回身跳进了自己的园子，道士见大汉如此愚昧无知，深深地叹了一口气，说："北桥人是不配住进城里去的。就让他保住这个小镇算了。"

于是一直到解放，北桥还是个小镇。

链 接

明心寺

明心寺，又称明心教寺。据《上海地方志》称："故址在今北桥乡北桥镇中国人民建设银行北桥营业所。"不过有人认为此说法有误，其中心位置在沪闵路的东侧，在今放鹤路与轨交5号线的交汇处，而沪闵路以西的建设银行北桥所只是明心寺的庙门所在地。

据《明心寺志》介绍，明心教寺的地理位置是精心选择的，这里东有黄浦江环绕，西有古冈身遮挡，经有横泾港，纬有俞塘河，真可谓一块宝地。《钱武肃王立寺记》里记载，唐龙纪元年（889），吴越王钱镠遣都水使者钱绰在这里建造寺院（又说建于五代后梁开平初年）。开山和尚叫大通禅师，他在此终日念诵《华严经》，故初名"华严院"。

宋治平元年（1064），华严院希最禅师（俗姓施，湖州人）上书朝廷。当年十月二十七日，吏部中书门下牒秀州（本地时属秀州华亭县），赐额"明心院"。后来，有庐岳道人文秀禅师游方到此，受命住持，着手扩建寺院。

　　明洪武二十四年（1391），明心院归并南面的度门寺、东面的南广福寺（即邹家寺）以及通济庵、觉城庵、南王寺等周边子庵十七处，改称明心教寺。而后几经扩建修缮，规模日渐宏大。鼎盛时期，明心教寺南起俞塘河，北至桐桥，东抵横沥港，西达庙泾河，占地一平方公里。寺内僧侣上千名，寺房有五千零四十八间，并有一幢轮藏（七星塔），故当地人称拥有"五千零四十八间一藏"。此时香火极旺，为鼎盛时期，有"东南一大丛林"美誉。

　　自道光年起，明心教寺一蹶不振。光绪年间，因松江白雀寺事件闹出风波，殃及明心寺。1922年，李英石主持修筑沪闵公路，拆除了部分寺屋。1930年农历正月十六日夜间，明心教寺又遭火灾，观音阁等主要建筑尽毁，千年古刹就此彻底断了香火。

　　如今，千年古刹明心教寺仅存一棵银杏树，位于北松路口。

这座庙为啥是横的？

在北桥新闵村，有个地方叫横庙场。1960年以前，这里有座庙。此庙与众不同，山门不朝南开，却面向西北，更怪的是，一般庙里的银杏树都种在天井里，而这棵偏偏长在东北角的墙外。

当地老人讲起这座庙来，会告诉你这样一个有趣的传说。

很久以前，这座庙与别的庙一样，山门正南开，银杏树在天井内，庙里和尚念着正经，香客不断，煞是兴旺。

有一年，天池里发大水，涌出来一条黑鱼精。黑鱼精来到人间，化成了一个黑皮黑骨的游方和尚，黑和尚走过这庙门，发觉这里风水好，就动了邪念。它见庙里供奉的菩萨杨阿太和自己一样，也是浑身墨黑，因此，趁他出庙布道以后，就摇身一变，坐进了庙堂，成了此庙的主神，享受起人间的供果来了。

黑鱼精化成杨阿太后，附近的百姓就遭了殃。有一天，庙西钱家宅上有户人家的姑娘要婚配，父母就来向杨阿太求签。想不到往日有求必应的杨阿太这回一无反应。到了夜里，这姑娘就生起了大病，口口声声讲着要嫁给杨阿太的胡话。家里人一见姑娘这番形状，都吓得六神无主，只得磕头烧高香，忙了一夜天。第二天一早，姑娘就断气了。这还不算，姑娘落葬那天，突然来了把无名火，竟然将钱家宅烧掉了大半。

黑鱼精一计得逞，更胡作非为了。从此，不知有多少人家遭受了厄运。

却说那个真杨阿太在布道回来后，见自己的位置被黑鱼精夺去了，就到玉帝跟前启奏。玉帝闻讯后，就给杨阿太一道圣旨，让他重回人间。

过了几年，黑鱼精玩腻了，就想在官家找几个千金小姐来侍奉自己。这时，正巧庙南村上有个钱粮官奉旨省亲，黑鱼精便下手了。待钱粮官一行骑马路过庙门，一阵旋风吹落小姐的轿帘，钱小姐受此惊吓，当夜就得了急病，口吐白沫说起了胡话。钱粮官本是高兴而归，想不到一进家门就遭此不幸。他闷声不响，当即召请父老乡亲询问真情。乡亲们就诉说了庙里菩萨的恶行。钱粮官听罢，不由触动了心事。于是，他召集人马来到庙场，用九九八十一只台子搭起一只高于庙顶的祭坛，自己就一步一步登上坛顶做起法来。一会儿，只见庙里黑烟翻滚，庙基拔地而起升到半空，在上面旋转起来。约莫一个时辰，那黑烟眼看招架不住了，正想遁逃。想不到它刚跑过天井，就一头撞在一张护法网上，只听见"噬噬"一阵响声，空中落下一摊黑水和几片黑鳞，一切重归平静。

等到钱粮官从祭坛上下来，人们突然发现这庙起了变化，庙门改向西北方，银杏树也移到庙墙外了。原来，刚才钱粮官和黑鱼精斗法时，为防黑鱼精逃窜，他念动咒语拔起庙基，让它在旋转中将黑鱼精困在里面。当时只顾斗败黑鱼精，却忘了将庙基恢复原位。现在，钱粮官筋疲力尽，再也爬不上祭坛将它复原了。

于是，从此后这只庙就成了横庙。钱粮官在这里镇了黑鱼精，百姓再也不受灾难了，他的千金也从此消除了恶病。后来，大家就把钱粮官供为本乡尊神。因他也是黑面孔，塑的像也和杨阿太差不多。其实，这钱粮官就是玉帝降旨派往人间伏妖的杨阿太。从此，这一带年年风调雨顺，五谷丰登。

北桥七星塔

据老辈人说，从松江到吴淞这一带地面，本来应有三座宝塔，其排列形状就像三只香炉脚，正好支撑这块天地。这三座宝塔就是松江火皇塔（即方塔）、龙华塔和北桥的七星塔。但是，由于北桥明心寺长老急于求成，结果使七星塔变了样。

那一年三月，明心寺众僧化缘筹得数千斤青铜，在铸匠姚恩的监造下，制成了一口大铜钟。这消息一传开，被鲁班的一个弟子听到了，他打算到明心寺再造一座七星宝塔，使铜钟有个适当的安置之处，为北桥增辉。

这木匠师傅来到北桥，察看好地形，就和长老谈起了造塔的打算。长老一听，正中下怀，因此催促赶快动手，说是到三月廿八庙会时要举行揭塔仪式。

木匠见离庙会日期还有七天时间，劝长老不必如此性急，但长老却出言不逊，非要如期造成，否则就要赶木匠离开庙门。木匠见长老这种样子，当下也不多计较，只是提出一条规矩：七天之内谁也不得过问此事，若有违反，宝塔则无法造成功了。长老口头同意了。

几天过去，木匠每天除了吃就是睡。长老心里很急，但面上只得装作若无其事。一到晚上，就去和木匠谈山海经，顺便察看木匠的动静。第四天早上，未等晨钟敲响，木匠开始收拾家什准备造塔了。

长老得知木匠已经动工，心里很高兴，自以为旁敲侧击生了效，因此把木匠盯得更紧了，亲自监察木匠干活的情况。谁知道，长老不看倒还好，一看吃了一惊！只见木匠拿了一段半丈长短的大圆木，用一把无柄的斧头乱砍乱削着。长老心里暗暗叫苦，怎奈已立下规矩，不便去干涉，便一边说着"师傅慢做"，一边就退了出来。

次日中午，长老又来查看，只见木匠把昨天的那段木头砍成了尺把长的一根斧头柄，地上铺满了削下的木屑片。看到这情景，长老忍不住开口责问。长老刚开口，木匠就说："我们有言在先，你要过问此事，我就……"长老生怕宝塔难造成，只得改口道："我不过问，只是这一屋木屑，我想派人来收拾收拾。"木匠听了笑笑说"不必"，就把长老送了出去。这一夜长老难以入睡，算算日子还剩二天，而宝塔连影子都不见呢。因此天一亮，又偷偷去观察木匠动静。这时木匠还在呼噜噜打鼾，直到日头正中，才迷迷糊糊爬起身来，继续削他的斧头柄。长老在门缝里越看越气，这哪里是什么斧头柄？简直比菜刀柄还短！他再也耐不住了，"砰"一声推门进去，劈头就问："你还造不造宝塔？"木匠见长老一脸怒容，叹息地摇了摇头，收拾起工具，拿那刀柄般大小的圆木交给长老，说："长老，俗话说佛门人心静，想不到你竟连这点功夫还未修成，看来此地无人建塔了！"说完，头也不回地走了。

木匠一走，长老又急又后悔，手一抖，小圆木落在地上，转眼陷进泥里。谁知当夜，这个地方冒起一座三层六角的建筑来了。中间一根大圆木，就和木匠开始削的那段木头一样长。长老看见这一建筑，才醒悟这木匠的来历不凡，但为时已晚，从此他把自己的禅房搬进了这座建筑的正厅，那口大铜钟也挂在这圆木下面。长老在此晨钟暮鼓，一直到坐化

木匠师傅与明心寺长老　施瑞康绘图

归天。

这三层六角形"七星塔"说塔不像塔，又不是阁楼不是亭，只得按佛教称呼叫作幢。当地每年三月廿八庙会，人们也只好把幢当成塔来观赏，而要看真正的宝塔，还需跑到松江和龙华。

胡萝卜成了金梢子

北桥地区的老人，在讲到某些中看不中用的东西时，爱用"北桥钟，响在屋界东"来作比方。这意思显然是把一只三千六百斤重的大铜钟当成无用之物了。那么，这句话又是怎样来的呢？

相传在四百多年前，北桥明心寺的大钟铸成以后，大家十分高兴。因为在此之前，拥有五千零四十八间房子的堂堂明心寺唯有一只很小的磬充当统一号令的工具。如今大钟铸成，大家忙着把它挂起来。当家师父挑选了十六个身强力壮的小和尚，不等铸匠解释，就把钟抬到钟楼。谁知，大家忙了半天，这钟怎么也挂不上去。

为啥？缺了根钟梢子！师父见误了事，连忙吩咐去请造钟匠，可已经不见他的影踪了。正在此刻，外面传来一阵木鱼声，随声走来了一个蓬头垢面的云游僧。他见众人如此模样便摇摇头，不声不响走到菜地里，随手拔了一根胡萝卜再回到钟楼，爬上去将胡萝卜往钟耳朵里一插，吩咐众人放手。说来奇怪，小和尚们放开手，抬头一望，只见千斤大钟稳稳当当地挂住了，那根胡萝卜还一闪一闪发亮。呦，胡萝卜成了金梢子！

师父见云游僧来历不凡，忙请教如何试钟。云游僧对师父如此这般叮嘱了几句，便匆匆离开明心寺，师父再三挽留也没留住。

云游僧一走，师父发呆了。众和尚急忙上前问，出啥事体了？师父说："这钟的响声应当响到松江白雀寺，但试听时必定要有人在半个时辰内从北桥走到松江城。唉！哪有跑得这样快的人啊！"师父话音刚落，有个人称"飞天"的智能和尚就挺身向师父领受这差事，并立下誓言说，半个时辰内，他不但要跑到松江城里，还要力争跑到青浦青龙寺，让这钟声传遍上海百里地面！

师傅见智能有如此决心，便让他启程，并约定一个时辰后敲钟试音。智能和尚走出寺门，往松江方向飞奔而行。他走着，走着，忽觉得眼前桃红柳绿，风光宜人，立定看看四周，到处是踏青的游客。他感到奇怪了：眼前不是阳春三月，怎么会有如此景象？他揉揉眼睛，仔细一看，确是真情实景啊！智能从小在寺庙参禅，哪里见过这样迷人的情景？他心里一动，腿脚更重，眼更花了，脚步再也挪不开了，只得坐在路边。可是身体一落地，他眼睛马上就不花了，连忙爬起来继续赶路。谁知他刚立起身，老毛病又发作了，一步也移不开了。就这样，他站起来坐下去，坐下去站起来，忙了半天只走了三丈远。

待到他第七七四十九次站起来的时候，四周的红男绿女也不看见了，而不远处已经传来了钟声。智能听见钟声，知道误了大事，慌忙拔脚就往西奔，跑得赛如飞天一般。可惜不等他跑出三丈远，那钟声已听不到了。他只得垂头丧气地回头走，准备去受罚。想不到，他返回走了三丈路，又听到钟声了。他忙转身往西，可没走几步，钟声又消失了。智能和尚就此误了大事！因为他坐定的地方有块界牌，上有"屋界东"三字，所以，人们就以"北桥钟，响在屋界东"这句话来警戒后人。

北桥灯有志争气

1911年，辛亥革命，皇帝老爷要被革命党人逐出龙廷的风声，传到了北桥地区。老百姓都道天下太平了。戚家桥有位姓何的茶担师傅，是有名的舞狮扎灯高手，高兴得连夜扎了只狮子灯，举灯欢庆。四乡得知，纷纷仿效。

这天夜里，万家花灯聚集北桥。何师傅以狮子灯领头举灯行街。北桥警察公署知道了，禁止他们出灯。这可惹恼了众百姓。何师傅出头交涉，警察蛮不讲理，还开枪示威，想吓唬老百姓。何师傅一轧苗头不对，就领头把狮子灯掼到警察署客厅里。一只只彩灯像抛彩球般地掼了进去。霎时间，警察署里火光通红，一直烧到半夜。

第二天，警察下令捉拿何师傅，何师傅早已不知去向了。原来何师傅料到会有这一遭，就连夜避到松江县泗泾镇。镇上有爿榨油坊，老板见何师傅臂力过人，五十斤重的一张大豆饼，别人挑两张，何师傅能左右开弓拎两张，头上还可以顶一张，油场老板就招他做了油坊师傅。

也不知道消息是怎么透露出去的，隔了几天，泗泾油坊门口来了一艘小汽艇。艇上立着一班警察，要油坊老板交出何师傅。老板娘是个见过世面的人，她不慌不忙，扬起戴着阔板金戒指的手，慢吞吞呼着烟卷说："油坊三班轮作，里外二百多师傅，日夜忙个不停，啥人有闲工夫到北桥去放火！笑话，笑话。你们要捉人，尽管进去捉。不过，哼！捉错一个，要赔我十天的进账。"

听老板娘这等口气，这帮警察搞不清油坊老板是啥等样人，好像来头蛮大，生怕给自己惹上麻烦，自家吃亏，只好别转屁股走了。从此，北桥地区每逢出灯，总是有狮子灯冲头阵。地方上还流传出几句顺口溜："北桥灯有志争气，塘湾灯越看越气，颛桥灯越看越细。"

巧匠金如海

在民国时期，颛桥镇西北石家埭出了个巧手竹匠金如海。他粗工打篱笆，细工编篾席，出活又快又好。

一日，镇上有权有势的周老相派人来请金师傅。金师傅到了周家，周老相说要为刚出世的小少爷做只摇篮。金师傅笑笑说："做只摇篮可以，至少三十工。"周老相一听，心里打转，人家都说他的手艺又快又好，为啥给我编只摇篮偏要三十工呢？他两只老鼠眼骨碌碌一转，说道："只要你把本事拿出来，几工不论，要是做的摇篮不称我的心，你这碗竹匠饭也就吃到底了。"金如海也说："老相公放心，我的本事全在皮里，要用拿出来就是。不过，我做生活有个脾气，每日吃过饭要去孵趟茶馆，你无论如何不能心焦，不然，另请高明。"周老相看重他的手艺，倒也不在乎这些。两人就此讲定。

第二日起，金师傅到周家上工了。开竹劈篾，就用了十天。周老相日日监工，拿起劈好的篾横看竖看，实在板不着雀丝，只得无话可说。一晃又是十天，摇篮只扎成元宝壳。金师傅却不忧不急，日日孵茶馆。周老相心焦了，但有约在先，不好发作。眼看三十天到了，金师傅却整天不到周家上工了。周老相沉不住气，寻到茶馆里，只见金师傅在扯山海经。金师傅见老相公寻到茶馆，连忙打招呼："放心，老相公放心，后天一定交货！做得不称心不要你工钿。"周老相气呼呼走了。过了二日，周老相正要出门，金师傅喊住了他，说是摇篮编好了。周老相跟他去一看，眼前顿

时一亮，只见这只摇篮编得实在巧，四周是云头花朵，八仙活灵活现，眠席上编出雀鹿同春图案，泼盆水上去，滴水不漏。周老相看得服帖，三十工工钿连忙照付。

事后，金如海在孵茶馆时揭穿底细。原来，凭他的手艺这只摇篮只消十工，只因当时有位说书名家在茶馆里讲《三打大名府》，他想有头有尾听个结果，才拖成三十天。周老相尽管会算，却连金师傅孵茶馆听书也付了工钿。从此，巧匠金如海就越加出名了。

野三官堂

在颛桥镇向阳村谢家塘和曹徐宅旁边，自古有一座老庙，人称野三官堂。庙内有一株五百年的古银杏，树高叶茂，数里外可以望见。

传说，明朝时期，朱元璋手下大臣刘伯温曾受命微服南下私访。

那一日，刘伯温打扮成风水先生，来到此地，对当地人讲，这里地形走势好似一条天龙，因此是块龙地，但是必须在此建造庙宇，否则将来必有天灾人祸。

不久，就有当地赵姓财主出资，建造了一座庵堂，人称赵家庵。可惜后来庵风不正，被当地的李宾等人仗义驱逐了庵中尼姑，改由道士主持，并改称三元堂。

又后来，庙里请来了三官老爷雕像，因此更名三官堂。而这三官堂是由赵氏家庵演变而来，加上奉贤、南汇等地都已有三官堂，为免混淆，故当地人都称它为"野三官堂"。

另有一则民间传说称：清乾隆二十七年（1762），南汇人毛鸣冈因母亲患病，四处求神寻医，可是均无效。一日，他梦见三官神，得知这里野三官堂银杏树的根部有仙水。毛鸣冈急忙赶来取水，母亲服后果然病愈。于是，他出资重修老庙，还将此事刻在木隔上，悬挂庙内。有人说，木隔毁于1958年。

1915年春，里人周金清在老庙内创办北桥乡立第二小学，有学生三十名。后来，迁到陆家墙里，改称"竞择初级小学"。

野三官堂及古银杏的名声不小，以致直接影响当地的地名。自1934年起，这里称"大树乡"。1950年4月，更名为"三官村"。5月，恢复大树乡。1956年2月，撤销大树乡。1958年，成立人民公社前后，地名多变。1962年4月，改称"紫阳大队"。1964年，更名为"向阳大队"。1984年，改设"向阳村"。

1977年，野三官堂庙庙房被拆除，仅剩一株古银杏树。1980年，当地划出半亩土地，设立古树保护区，当时树高约十五米，树围近五米，仍有树枝逢春放叶。可惜，1997年清明节时，一烛小火将银杏树烧得千疮百孔，奄奄一息。

林则徐和格思堂

莘庄原有一座城隍庙（20世纪60年代初，修筑莘建路时拆除），位于莘庄老镇北街口（今邮政局），庙内建有戏台，后殿有格思堂。堂上的匾额据说是林则徐书写的。但是堂堂禁烟名臣，当过封疆大吏的林则徐为何要给这座小镇的城隍庙来题额呢？

据说，林则徐青年时代穷困潦倒，竟然一路流落，因为无力维持生活，只能卖字为生。清嘉庆十六年（1811）夏天，他流落到了莘庄，在城隍庙

位于莘东路上的原上海县实验小学

戏台下寄居。他在此早出卖字，晚归露宿，勉强糊口，竟然有半年之久。

一天，在城隍庙西边的会真道院里发生了一件怪事，当家法师做梦梦到了城隍老爷对他说："住在城隍庙门口的林宫保，我每天早上恭送，每晚恭迎，实在是累死小神了。"道师就问城隍老爷："这林宫保是哪位？我们小镇小庙的，哪有这号人物？"城隍老爷说："是那个卖字的林则徐，将来要当封疆大吏，我这个地方小神怎么敢不巴结他？"

醒来后，道师真的找到了林则徐，给了他第二年参加会试的盘缠，果然，这个林则徐高中进士。后来，林则徐平步青云，任江苏布政使期间，途经莘庄，回想起往事，就在他当年留宿处附近造起一座格思堂，追思往日，勉励后来。

格思堂后来被作为莘庄小学（今实验小学、莘庄镇小学共同的前身）幼稚班的课堂，毁于抗战后期。

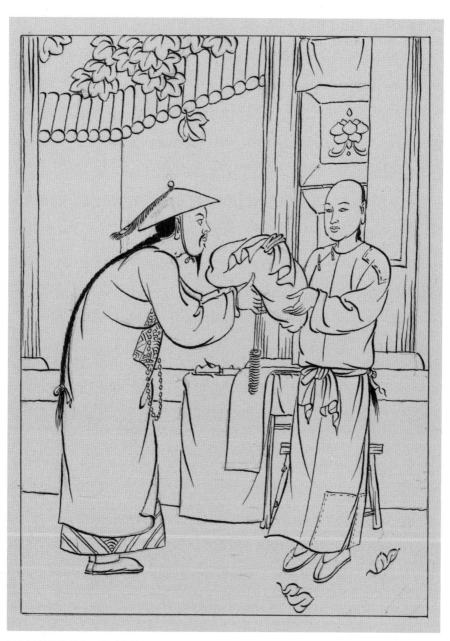

林则徐曾流落莘庄　施瑞康绘图

一捧雪

相传，明代嘉靖年间太常寺卿莫怀古的家，就在莘庄镇西栅口的莫家弄。莫怀古家中还有一件祖传宝贝，那就是一只白玉杯，因玉杯周身雪白，又名"一捧雪"。

莘庄镇汤家弄的黄杨树头，有个叫汤勤的家伙，为人奸刁，当地人叫他汤裱背。他早就看中了莫怀古的爱妾雪艳娘，一再寻机调戏。一次，汤勤逛进莫家弄，恰巧遇上雪艳娘。他见四周无人，欲行非礼。雪艳娘宁死不从，连忙呼救。幸亏莫怀古闻讯赶来，将汤勤轰出门外。

汤勤就此怀恨在心，便投靠了权奸严嵩之子严世蕃，蓄意告发莫怀古私藏国宝白玉杯。莫怀古得知凶讯，连忙叫雪艳娘带了玉杯逃往他乡。

莫怀古入狱后，莫府仆人莫成愿舍身救主，莫怀古因而得机逃走。莫怀古的儿子后来申冤让冤案得雪，严世蕃没有得到一捧雪，但雪艳娘却被害死。

据说，雪艳娘死后，被衙门割首示众。当地百姓收殓了雪艳娘，并铸了个金头伴尸体入葬。为迷惑盗墓人，一夜之间，在莘庄，梅陇等地便出现了七十二个雪艳娘坟。

又传说，莫怀古的后代改为姓朱，隐居在莘庄西南的万家弄一带。那只玉杯虽然未曾失落，但因后代一再为争夺国宝而闹得家宅不安，结果索性将玉杯摔成几块，分给各弟兄，才平息了纠葛。

《一捧雪》京剧剧照

　　而随着一捧雪的故事，在莘庄还有一个魏紫牡丹的传说。最早是宋人魏某育出了紫色牡丹，得了魏紫牡丹的名号。这个珍稀品种一直传到明代，嘉靖皇帝将其赏赐给宠臣莫怀古，因而魏紫牡丹也就来到了莘庄。就在一捧雪案发之际，莫怀古将这盆牡丹委托给了莘庄镇西路昌庙的老和尚。后来，命运多舛的牡丹，最终花落莘庄公园，因为紫色略深也被俗称为"黑牡丹"。

链 接

"一捧雪"玉杯

明代玉器珍品。河南省新野县文化馆,在20世纪70年代收藏一件古代玉杯,名为"一捧雪"。原收藏者李某,称其家族为莫怀古后代,从明代珍藏至今,玉杯已传世四百多年。"一捧雪"玉杯为白色,略透淡绿,口径7厘米,深2.5厘米,杯壁厚0.2厘米。杯身琢为梅花形,五瓣,似蜡梅盛开。杯底中心部分琢一花蕊,杯身外部攀缠一梅枝,枝身琢有十七朵大小不等的梅花,与杯身有机地联系在一起。玉质晶莹,花美枝嫩,显然玉杯的作者取"蜡梅傲雪"之意。经故宫博物院鉴定,"一捧雪"为明代工艺,玉料出自新疆和阗(1959年更名为和田),是明代玉器的珍品。

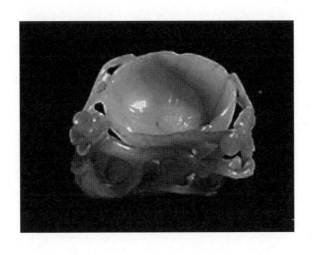

冯恩的"四铁高风"

莘庄在明嘉靖年间曾出过一个叫冯恩的御史，被称为"四铁御史"，那么他是因何而得名的呢？

冯恩自幼丧父，凭着刻苦好学，嘉靖五年（1526），终于考取进士，拜两广总督王守仁为师，不久升为御史。冯恩敢作敢为，多次上书指陈朝政阙失。他仿照北宋范仲淹作"百官图"的例子，将朝中大臣——加以点评。他大骂高官张孚敬、方献夫和汪鋐，称此三人为祸害国家的彗星（彗星古时又被称作扫把星），这三人在朝中可是身居要职的呀。他说，三彗不去，百官不和，庶政不平，想要消弭种种灾异是不可能的。

有天夜晚，嘉靖皇帝与皇后在御花园赏月散步，忽见东北角有流星划过，便问随从官员："此为何兆？"群臣一时面面相觑，无人敢作答，他们担心万一答得不对皇上心思，一语招祸，会把性命丢掉。

在令人窒息的沉默中，嘉靖皇帝阴沉着脸再次发问。稍懂星象的御史冯恩终于直言道："据臣观察，此乃扫帚星，皇上遇此天象，怕是凶过于吉。"

"大胆！"嘉靖皇帝果然被深深激怒了。一旁善于清谈的大学士张孚敬、方献夫和右都御史汪鋐见此情景，连忙抢着数落起冯恩的种种不是来。盛怒之下的嘉靖皇帝当即下谕，革去冯恩官职，打入大牢。

一夜过后，嘉靖皇帝冷静了一些，忽然就想到冯恩敢于直言不讳，倒也不失忠臣之举，因此心生赦免之意。为既不失忠臣，又不辱君威，就传旨朝审冯恩，只要冯恩告饶就放过他。冯恩被押上来后，主审官汪鋐令他下跪，冯恩先是怒斥汪鋐是奸臣，继而答道"膝如铁"，表明自己的双膝决不会向汪鋐弯下。后者要他认罪，冯恩又答："口如铁。"汪鋐要动手，冯恩再答："胆如铁。"气急败坏的汪鋐最后宣判冯恩死罪，不日问斩。对此判决，冯恩更掷地有声道："骨如铁。"此事传到他的家乡莘庄，百姓们惊叹道："冯御史不但口如铁，他的膝，他的胆，他的骨全都是铁呐！"冯恩从此在莘庄民间被传为"四铁御史"。

《松江邦彦画传》中的冯恩画像

得知冯恩被判死罪，他家人顿时惊呆了。这时候，年方十三的冯恩长子冯行可流着泪对已哭成泪人的母亲说："父死全家亡，儿死余尚存，儿愿代父受刑，以救全家。"说罢，他咬破手指，在一块布上写下一行血书，然后不顾一切地前去击鼓喊冤。新任都御史王廷相深为冯行可的行为感动，遂代奏嘉靖皇帝，终于免冯恩一死，改判充军雷州。直到穆宗登基（1567），大赦天下，年已七十的冯恩才返京复职。穆宗念他为官正直，赐他"四铁御史"匾一块，任大理寺丞，直至冯恩八十一岁病逝。

链 接

冯恩（1496—1576），字子仁，号南江，南直隶松江府华亭县莘溪（今上海莘庄）人。年幼丧父，除夕夜无米为炊，室内因大雨潮湿，冯恩读书床上自若。

嘉靖五年（1526）进士，授行人。曾奉命慰劳王守仁，对守仁执弟子礼。嘉靖十一年（1532）冬，因弹劾大学士张孚敬、方献夫、右都御史汪鋐，下狱论死。冯恩被绑出长安门，士民观者如堵，竞相传话"是御史，非但口如铁，其膝、其胆、其骨皆铁也"，故有"四铁御史"之誉。其母吴氏击登闻鼓鸣冤。其子冯行可刺血书疏，请代父死，得以谪戍雷州（今广东雷州半岛）。隆庆初，起复为大理寺丞。

春申塘边的王十八

莘庄镇莘联村有个名字挺特别的宅基，叫作王十八。

传说五百年前，有十八个王姓壮士，以捕鱼为业。他们像十八尊罗汉，个个身材魁梧，力大无穷，徒手能提起两只百来斤重的石臼，行走如飞，气不喘，脸不红。擅长使用一柄百十斤重的五股鱼叉，且有百步穿杨之术。只要水里有一个浪花，他们的鱼叉掷过去，就能捞上鱼来。他们的头领王大哥，身材更为雄伟，骁勇异常，此人力可扛鼎，胆气豪壮。

有一天，他们行船到上海某地，刚靠岸，就受到倭寇的偷袭，倭寇凭着船大风高势猛，用挠钩扯坏了他们的渔网，双方就展开一场恶斗。他们有的崩断铁链，有的将竹篙弯成弓形当武器，王大哥早已抓起鱼叉掷去，正中倭首咽喉，倭首坠入水中。众壮士见头领得功，更是同仇敌忾，个个大显身手，挥动武器乱戳，打得倭寇头破血流，失魂落魄，逃之夭夭。尔后他们就在该地疏浚河道，扩建码头，立地称王，后人就把该阜称为王家码头。邻近的小街随称王家码头街。

再说倭寇哪能甘心自己的失败。在一个月明星稀的夜晚，倭贼用火攻偷袭了壮士的渔船。十八壮士心地善良，生怕连累王家码头的百姓，就决定集体隐居他乡。他们驾船沿黄浦江往南而行，走了数十里，突然转弯进了一条支流，朝西又走了数十里，见北岸有个地方"半岛"特别多，有利的地势既便于攻打，又利于退守，就定居下来。选中中间高亢地面，伐树砍木，盖起十八间房子和一间大客堂。十八人按年庚排列，对着苍天，焚香点烛，义结金兰，取村名王十八。从此他们忙时种田，闲时捕捞，勤劳团结，衣食自给，日子倒过得快活。随着时代的变迁，子孙的繁衍，人口激增，后又在浜边造起新村，名为王家浜。

链　接

春申塘

据《上海县水利志》所载，春申塘，又名莘村塘。传说为战国时期春申君开浚，故称春申塘。

春申塘为黄浦江重要支流之一。西起北竹港，向东穿越北横泾进入徐汇区，在华泾和关港之间入黄浦江，闵行区境内长8公里，是贯穿淀南水利大控制片的骨干河道。

自春申塘开浚以来，历朝政府均十分重视河道整治。据《上海县志》及《闵行区志》记载，公元1292年，上海县建立，属松江府，设治所于华亭海市舶司属。《上海县水利志》记载，自天启元年，春申塘曾进行过11次记录在册的大规模整治。明代3次，清代4次，民国2次，解放后2次……纵观历史，春申塘是一部流动的史书，记录和传承了劳动人民对地方水利设施进行建设、维护的丰富经验和智慧。

盛家巷的传说

几百年前，莘庄镇北面有个姓盛的大财主，号称"盛百万"，终年过着茶来张口，饭来伸手的安逸生活。他为了炫耀自己的富有，曾夸口说："我出门不踏人家一寸土，如果踩了他人土地，要我多少钱就给多少钱。"为了实现自己的诺言，他就买下方圆几十里的全部田产。

有一天，盛百万坐四人大轿从七宝镇回家，路上突然肚痛难熬，就匆匆停轿，到一块刚割去稻的田里解手。正巧被稻田的主人看到，田主说："你今天已走到我的地里了。"盛百万死要面子，只得满口应诺，结果按每稻穴一块大洋计，支付了二千四百块银圆了事。数年后，他又在村里盖起许多新瓦房，取村名盛家巷。但是好景不长，盛百万病入膏肓，临终前，给自己的儿子"盛憨大"留下遗嘱：房子只准拆卖，不得整卖。

盛憨大之所以被称为"盛憨大"，的确是因为实在憨得出奇。有一天，他看戏回来后问人家："世上到底什么东西最好看？"有人回答说："火烧。"憨大一听，就要去烧自己的房子。人家又告诉他："烧旧房不好看。"于是他就大兴土木，很快盖好一幢新房子。工匠刚撤走，憨大立即点火烧房，邻居看到起火一齐来救，他却一眼不眨地拍手说："快快烧，快快烧，红红绿绿真好看！"顿时风助火势，烈焰腾空，新房成了瓦砾堆。不久，百万产业就被他消耗殆尽，过起变卖房屋地产的生活。

后来，买了他家房屋的冯家，在翻建新房时，发现泥墙中都埋有银圆、金条。

消息传到盛憨大的耳里，他才想起老子临终前遗嘱上的"房子只准拆卖，不得整卖"的教导，但为时已晚，从此更是一贫不振。

戚家湾的由来

　　明嘉靖年间，倭寇大举入侵我东南沿海地区，百姓吃尽苦头。有次，抗倭民族英雄戚继光从山东率军路经莘庄，觉得此地民风敦厚，人心纯朴，只可惜百姓机智有余而勇武不足。他为振兴华夏，驱逐入敌，就问先锋有何改变民弱的妙法。先锋一时语结，两人只得闷闷不乐回至帐中。入夜，他俩灯下对弈。突然，一个计策出现在他的脑海中。

　　第二天是个露重风轻的清晨，他们微服出巡，当行至岔路时，忽见围着一群人，走近一看，原来有一个江湖好汉在卖艺。只见好汉赤背露胸，两眼圆瞪，肩臂肌肉块块突起。他一会磨石如粉末，一会又舞枪耍棒，忽又见他让围观的青年用竹梢往他鼓圆的肚子上戳。这时，一位气质不凡的书生就对卖艺人说："练武既可强身益寿，又可保家卫国，君何不率众习武，一举两得？"内中一长者抚须道："尊官所言虽是，但敝地无此武术，也无此习俗。"书生早就胸有成竹，他对着书童如此这般地耳语几句后，就跳入阵内，和卖艺人比试起来。

　　再说书童应声回营，速速拿来一卷红轴，交给书生，书生转而又交给长者，并嘱咐说："你回去看后即有分晓。"

　　长者抱着疑惑的态度回到家中，展轴一看，不由大吃一惊，原来上面赫然写着："比武夺魁获胜者，戚继光赏钱百贯。"长者欣喜异常，全村奔走相告，又把告示贴到大路口。百姓看后纷纷找卖艺人习武，并大种竹子制作兵器。原来艺人、书生、书童是军中将士、戚继光和先锋所扮。

数年后，戚继光招募到一批义乌兵，重来华亭。他看到该地人已智勇双全，体质倍增，就感慨万状地说："人智体健，何愁战而不胜，攻而不克。"他就在这里驻军，将士兵严格训练，使士兵掌握"鸳鸯车"战术，又在竹梢上装上枪、刀、戟、戈等，使短兵器变成长兵器。战时长短兵器配合使用，又用火器弓箭作掩护，直捣倭寇老巢，解除了东南倭患。后人为纪念戚继光，就将比武村寨叫作戚家军，后又因该寨正处于横沥港湾处，就又念成戚家湾。

由于竹子曾在抗倭战场上立下汗马功劳，所以当年戚家湾家家种竹、人人爱竹。他们善于用竹制作用具、工具而不食竹笋。

后来由于市政建设的需要，戚家湾的四邻土地上盖起了高楼大厦，当年的旧貌已无迹可寻，但这个美好的民间传说，还传颂在后代人的口头上。

朱五家

莘庄镇莘东村有个宅基叫朱五家，顾名思义，是姓朱的五户人家。其实，现在朱五家全村七十户人家，赵、王、孙、李、陈、张、沈，差不多有七八个姓，唯独没有一家姓朱。那么，这村名由何而来？

传说百多年前，在村西竹桥头，原有一个小村落，住着姓朱的一族五户人家，后来从这里传出一段颇有意义的故事：说他们兄弟五人婚后数年，除老二喜得一子一女外，其他四房均无后裔。他们种田兼开油坊，过着五房合一子的小康生活。

二房那一子，在众伯叔姆婶的溺爱下，不求上进，成了个不读书，不劳动的游手好闲之人。又交上几个赌棍作朋友，整天沉湎于赌博中，父母多次规劝无效，他渐渐地把整个家产押进赌场，讨债者络绎不绝。"养不教，父之过"的闲言碎语时有袭来，老头子常觉两颊发烧，认为无脸面见众弟兄。

一个中秋之夜，五兄弟喝了点酒，老二已是醉意沉沉，月光下瞥见儿子又赌昏了头脑，正跄跄跌跌进门来。"命里注定无孝子，岂许逆子污朱门？"顿起灭后之念，就把其绑在牛桩上，他捶胸顿足大骂一顿后，就架柴点火，引燃房子。那夜火光烛天，"哔哔剥剥"烧到卯时。女儿被火爆声惊醒后，仓促间走错了路跌进了河里。第二天，人们发现昔日生意兴隆的朱家油坊已成一片焦土瓦砾，朱家五兄弟都被大火烧死在宅基上。

不久，从四方来的逃荒者，又在废墟东建起了一个新的村落。村民们为了纪念那五位朱氏兄弟，又为了告诫后代赌博的危害，就取村名为"朱五家"。相传每逢中秋夜，只要你顺着村庄旁的小河望去，会见到水面上浮起一朵绚丽的莲花，上面拱手端坐着一位低眉垂眼的妙龄少女，她好像在诉说："赌博赌博害煞人，朱门黄泉千古恨！"

朱大韶和九龙杯

朱大韶在明代嘉靖年间，做过巡抚。他生性耿直，看不惯朝廷里奸臣弄权，就辞去了官职告老还乡，和夫人种种花草，读读诗书，生活倒也安逸。他爱好收藏古玩，做官时，听说宋朝皇帝有一只"九龙汉玉杯"失落在民间，因此告老还乡后，就一直记在心里，为这件事常常出去察访。

一次，他走到莘庄镇上，见有一个穷书生正设摊出售古玩，上前细看，发现其中有只杯子，洁白晶莹，没一点瑕疵，杯中还隐隐约约有九条龙在浮动。"啊！莫非这就是九龙汉玉杯？"他差一点失声惊叫，急忙把穷书生引到自己家中，按开价把玉杯买了下来。

朱大韶自从得到了玉杯，天天翻来覆去把玩，不肯放手，还请亲友来共同欣赏。他的阿舅勒崇仁看见这玉杯后，更是三日两头来朱家做客。

再说朱大韶想到自家年龄已高，又没生子女，今后这些宝贝传给谁呢？他想来想去，决定叫胞弟朱文泉的儿子朱如琼顶儿子。于是选个吉日，举行仪式，把如琼过继过来。就在过继的那天，勒崇仁拿来了一只特别精致的红木匣，送给姐夫收藏"九龙汉玉杯"。

没隔多久，朱大韶忽然得重病死了，夫人当了家。哪晓得她只看重自己的兄弟而看不起如琼。后来，勒崇仁做了官，正在全家庆贺的时候，姐姐吐血死了。勒崇仁趁机上告县令，说朱文泉为了玉杯谋杀他姐姐，而玉杯又是其随嫁之物，木盒可以作证。县令看了状子，凭一面之词，就下令将朱文泉捉拿归案。这场冤枉官司，弄得朱家束手无策。正在这时，门外来了"算命先生"，朱家忙要他卜知祸福。"算命先生"问清根由，留下了一句话："悲从喜中生，去玉便生辉。"如琼听了醒悟过来，"悲"不就是"杯"吗？为了救父，我只得决定含冤忍气，把玉杯送去。他娘知道后，马上赶来责怪他没有骨气，顺手抢过"玉杯"，奔出门外，要投河自尽。如琼急坏了，高声喊："来人呀，快快救命！"众人把他母亲救上了岸，突然发现母亲手中拿的不是玉杯而是只茶杯。这才意识到玉杯已被"算命先生"做花头换走了。

过了几天，朱文泉突然抱病回来了，并带回勒家人给他的一张纸条。如琼拆开一看，才知道玉杯已到了勒崇仁手中。

到了明朝万历年间，朱如琼当上了县令。他一上任，就发现了勒崇仁的儿子宗瑜，因犯抢劫罪，被押在牢房里，心中暗暗欢喜。正待过堂报仇，忽然有人求见。他一看，原来是那个"算命先生"。来人一见面就行了大礼，取出玉杯，请如琼手下留情，保释宗瑜。

朱文泉听到这消息，心情沉痛地说："两家本是亲，这样冤冤相报，何时了？"于是写了封信，约勒崇仁和同族兄弟全部来家碰头。这天，朱文泉在家供起朱大韶的牌位，把"九龙汉玉杯"放在供桌上面，待亲友都到了后，他说道："福是杯，祸也是杯，先兄得了杯而病逝，先嫂为杯而暴死，我妻为杯而投河，如琼藏杯而父亲坐牢，现在宗瑜弃杯想求生，杯呀，杯！你到底是福还是祸？"说到这里，朱文泉悲愤难已，举起玉杯朝地上摔去！勒崇仁急忙跪下认错，请求饶恕。

说来也巧，玉杯碎成六块，大小差得不多，刚巧分给六房兄弟各家一块。这碎玉杯一代一代流传，不知传了多少代，也不知传到哪里去了。

夜半刀劈木人头

"夜半刀劈木人头，出个进士杨筱楼。"这两句话，说的是七宝镇清朝进士杨筱楼的一桩隐私。

当年，杨筱楼是七宝镇上的名人。他年轻时父母双亡，由于他一心念书，祖传的一点薄产，没几年就坐吃山空了。空着肚子念书，怎么念得进去呢？他便想做些事谋生，可是一想，靠给人抄抄写写，得钱实在太少！拾柴换粮，又太苦太累。他想不吃力就赚大钱，可哪有这样的好事呢？想来想去，唯有去偷。又一想，去偷哪家呢？他看中了陆家。这陆家是七宝有名的大户，偷掉一些像牯牛身上拔根毛而已——不在乎。怎么偷法呢？听人说，贼偷大多挖壁洞的，嗨，掘个壁洞不就行了么！可壁洞又该掘多大呢？他灵机一动，何不削个与自己差不多大小的木人头？它塞得进，我就钻得过。于是，费了两天工夫削了个木人头。夜里，他捎了木人头到陆家去掘壁洞了。

杨筱楼正挖得起劲，不想给房里边的人发觉了。陆财主听见墙外声音不对，就叫人拿了刀悄悄地候在墙角边。杨筱楼掘了半夜，心想这壁洞差不多大了吧，就把木人头伸进去试试看。候在里头的人一看"贼头"伸进来，连忙"嗨"一刀劈了下去。"啊呀！"杨筱楼顿时吓得灵魂出窍，拔腿就溜。他一口气逃到屋里，关紧房门，再也不敢动一记，响一声，心里别别跳。思来想去，偷贼做不得，今后还是老老实实地过日子。

刀劈木人头　施瑞康绘图

　　从此，杨筱楼每日白天替人家抄抄写写，挣三顿饭吃，夜里读书到深夜。他勤读苦学了几年，居然中了秀才。七宝人称赞这位后生不错，说他品行端正，穷而勤学，还有人来给他提亲了。后来，杨筱楼省试中了举，进京会试又中了进士，在外做了几任官。再后来，他又被调任上海附近做官，直到退休才衣锦荣归回到了七宝。

七宝河梁庙

河梁庙在七宝东南约三里左右，即现在九星村"田更巷"之西。该庙的原基在友谊村宋家堂的南面，庙基风水名叫"木鱼穴"。意为勿敲勿发，越敲越发。因此，庙旁有一人家，倚享庙基风水，所谓"搭庙脚"，顿时致富，财势兼得，号称当地大财主。

这家人因庙发家后，当家人非常骄傲势利，左邻右舍都不在他眼里；对贫穷乡邻，他更是一毛不拔。他的门上贴有一副对联曰："永不登会，世不求人"。因此，多数人对他不服，想要破他的风水，可惜不识破风水的法门。

其中有几个人跑到田更巷，拜会那里有家当的财主富翁，放噱头调唆他们一道对付那个势利财主。富翁们本来就对势利财主有气，就商量了一个搬庙破风水的计谋。他们连夜招人把"木鱼穴"上的庙拆光，把庙财统统隐藏起来，庙基当夜垦种小白菜。

第二日，那家势利财主一觉醒来，发觉屋旁庙宇已不翼而飞，四处找寻，不见踪影。数日之后，他看见田更巷西冒出一座新庙，方才明白遭人暗算——拆庙造庙，意在风水。他就跑到县里告状。县官收了状纸，派遣差役下来踏勘，只见满地都是小白菜，哪有庙基踪迹？于是反责他为诬告，罚银了事。势利财主就此家道中落。

该庙换了新基后，就有七宝南横沥一个名叫夏老五的漆工，送给庙里一只装潢漂亮的神龛，内置一尊无量寿佛。后来，不知哪个胸藏锦绣的文人，假"无量"两音，将新庙命名为"河梁庙"。

半节金链条

从前有个大财主在华漕池湾边造了个花园，并叫人沿池用白石砌成驳岸，人称"石池湾"。传闻他家藏有七缸金子，八缸银。但他贪心不足，千方百计想弄顶乌纱帽戴戴，结果投错了门路，落得个斩首的下场，还被株连九族。传说，有人看到他家眷逃命前把金银全部倾入石池湾里。

这个消息传开后，远近有不少人想发财。成天驾船在石池湾里打捞，说来奇怪，从来没见到有人捞到一钱金银。相反，耽误了农时，庄稼歉收，所以热闹一阵后，石池湾也便渐趋冷落了。

当地有个贪吃懒做、不务正业的人，绰号叫"阿塌皮"，偏偏心不死。一天清晨，他趁石池湾里罱泥浆的人还未出工，就一脚跳进罱泥船中，操起罱蒲就来回夹个不停。约莫捞了半个时辰，果然皇天不负有心人，给他夹起一根金链条。阿塌皮一手拉住金链条，一手早把罱蒲抛向河中心，只见他惊喜万分，双手拼命地把长长的金链条拖进船舱，一会儿竟堆了半船舱，可是一节紧扣一节的金链条似乎永远收不到尽头，而金链条的分量极重，压得小船迅速下沉，船口边开始进水了。阿塌皮这时却犯难起来，若要松手实在太舍不得，若要不松手，船要沉进水底连命也难保，没有命还要什么金子？于是他只好忍痛松了手，谁知不放还好，一放金链条"扑通、扑通"连续滑进池湾里。阿塌皮眼见金链条立时三刻就要滑光，心头一惊，伸手抓住金链条，恰巧抢到最后一节。

　　这时船身一晃，从后舱内滚出一把柴刀来，阿塌皮心急慌忙，抓过刀来，猛地朝金条砍去。只听"啊呀"一声，金链条被砍落半节，阿塌皮的手指同时被齐刷刷砍掉半节。阿塌皮又痛又喜，掉过船头上了岸。

　　回到家里，阿塌皮砍断的指头疼痛不止，伤口恶化溃烂。熬到第三天，无可奈何去典掉了半节金链条，请郎中先生治伤敷药，可一时间也不见效。半年之后伤口勉强结疤，但半节金链条的钱也化得所剩无几了。阿塌皮想想真懊恼。

华漕吾东殿

当年，在华漕乡与新泾乡交界处，有一座吾东殿。庙里供着一男一女两个泥老爷，说起他们的来历十分曲折离奇。

相传，许浦村一带青年人有习武的传统，还出过几个武艺高强的好汉。一年，皇上开科考武状元，一位许浦好汉赶去报考。校场上，高手如云，各怀绝技。刀、剑、棍、棒，几经较量，已所剩无几，来自许浦的好汉是其中之一。当主考官宣布最后一项比武项目为箭术时，校场上一片肃静，谁能问鼎武状元，在此一举。参加比赛的个个身手不凡，箭响中的，无一落空。等到许浦好汉射箭，只见他屏息运气，"嗖"一声风响，那箭离弦而去，划出一道弯弯曲曲忽左忽右忽上忽下的轨迹。主考官和众人发出一阵叹惋，看来中的无望。不料，那箭像是长了眼睛似的，歪歪斜斜，曲曲绕绕，只奔百步开外的箭靶而去，而且那箭头不偏不倚，深深插进箭靶中心。人群中，立刻发出一阵惊叹声。等到主考官回过神来，不由得连声赞叹："好箭法，好箭法，请问壮士，此箭法有何讲究？"好汉上前禀报："回大人，此乃祖传蛇游箭。"就这样，好汉凭蛇游箭喜中武状元，放池山为官。

武状元衣锦还乡，乡邻里人以此为荣，纷纷上门庆贺。为了表示纪念，武状元出资修建一座寺庙。不久，庙宇建成，主持和尚请武状元亲笔题写庙名。武状元耍弄刀枪有术，舞文弄墨却不在行，搜肠刮肚，半天不晓得题啥名字为好。突然，他对着富丽堂皇的庙宇灵机一动，说："既然大庙建于吾家宅之东，何不题名'吾东殿'！"说完，大笔一挥，吾东殿就此得名。

从此，吾东殿供奉起两尊老爷神像，一男一女。那男的就是池山武状元，照例，那女的该是状元夫人了，但事实并非如此。

原来，池山武状元死后，人们给他塑了金身供奉在吾东殿内，尊为池山大帝。每年出会时，人们都要把池山大帝抬出去周游四方，祈求他在天之灵保佑乡亲四季平安，风调雨顺。一年七月半，又到了出会的日子，人们照例抬着池山大帝出游。队伍游经侯家角时，大人小孩纷纷出来看热闹。有个年方十六的姑娘久闻池山武状元大名而未曾看到，因此好奇地挤在人群中观望。姑娘想象中的武状元应是英武健壮、气度非凡的样子，不料，在眼前的池山大帝却是垂眉下眼，一副滑稽可笑的模样，不禁捧腹大笑。想不到，她这笑，竟然一口气没回上来，当场一命呜呼。

姑娘死后，人们认为既为吾东殿老爷而死，说明姑娘与池山大帝有缘，不如成其好事。于是，众人捐钱，为侯村姑娘塑上金身，供奉在池山大帝身旁，尊为夫人。

钱华高起反

相传数百年前，华漕钱家湾村的钱华高家里出了桩稀奇古怪的事情。

钱华高的父母老早都死了，家中只有一个妹妹。他很有志气，每天朝耕夜读，习文练武，等待时机准备干一番事业。

一个寒风刺骨、大雪纷飞的夜里，钱华高一个人还在油灯下用功读书，直到鸡啼头遍不想去睡。忽然，灯花爆溅，他一看，原来灯油点光了，自言自语地说："灯要旺，要添足油，想干大事，一定要有人帮助。"刚说完，油灯熄灭了。钱华高正想上床去睡，忽然窗纸上好像有个女人的影子，马上开窗寻看，只有月光照着树影在摇动，知道自己看书看得眼花了。

转眼大地回春，正月十五那天，轩辕殿前竖起灯塔，准备晚上闹元宵。钱华高年少气盛，并且调得一手好龙灯，吩咐妹妹守家，就奔轩辕庙去了。

只见旗杆场上已挤满了人，灯火照得澄亮，紧接着一阵紧锣密鼓，各色龙灯开始舞动。钱华高出手擎龙头，左调一套"腾蛟伏波"，右舞一出"独龙斗珠"，博得满场喝彩。谁料正在这时，从空中飘下一条丈把长的小白龙，只见它张牙舞爪，在钱华高头顶上盘旋，众人见了都吓得快快逃跑。只有钱华高临危不惧，索性甩下手中龙头，直扑小白龙。忽然小白龙变成一条白绢，飘向后殿，钱华高手疾眼快抢上前去，用力一扯，忽见一位俊俏的少女，躲在后殿门后看灯，他手中扯的一截白绢，正是那少女束在腰里的裙带，这一下弄得钱华高十分难堪，说不出话来。这时，老道士从殿后走来，看到这情景凑趣说："好一个千里姻缘一线牵！"说罢请两人到里屋坐坐。钱华高偷看少女，觉得有点面熟，忽然想起那天夜里窗前的影子，老道士听了就顺水推舟做了月下老人，他俩就此结为良缘。

自从新娘嫁到钱家后，足足有六个月勿曾跨出房门一步，连钱华高也变懒了，书不读拳不练，只是三天两头到镇上去买点五彩纸送进房里，整天把房门紧闭。这样引起了妹妹的疑心和好奇，但又不便到阿嫂房里去。

有一天，妹妹看到哥哥出门没有回来，心生一计，急急敲门叫嫂嫂，"哥哥在途中患急病，请嫂嫂快去把哥哥接回来"。阿嫂听了，心急火燎，连房门也来不及掩上就急匆匆走了。

姑娘趁机踏进房门，只见到处是纸笔和剪刀木尺，床脚边还有一钵头豆油，这一切她都不在眼里，只想看看阿嫂有多少嫁衣。刚巧墙角一只红漆柜没有上锁，她使劲掀开柜盖。只听见"呼"的一声，从柜里冲出无数兵马，个个披甲戴盔，手拿武器，杀气腾腾，随着又闪出一匹战马，马背上坐着一位将领，很像哥哥，只见他令旗一摇，全部兵马夺门而出，乘风驾云，浩浩荡荡杀向京都，吓得姑娘惊倒在床后。

再说嫂嫂离家不远，走在路上，忽听得空中有呼呼声，抬头一看，失声顿足说："坏事了！还没浸过豆油哩。"急忙返身奔进房里，把惊呆的姑娘扶起，一同到轩辕庙找老道商量。只见钱华高也在那里，得知情况后，弄得六神无主，急得要命。还是老道想好了对策，姑娘因受牵连暂时削发当尼姑！钱华高起反没有成功，罪很大，只得跟着老道云游四方，待机再

钱家纸兵马　施瑞康绘图

起。新娘原是仙女私投人间，只好拆散夫妻，隐居蓬莱三岛。

再说那批兵将过关斩将，杀奔京都，吓得贪官污吏抱头逃窜，连皇帝也躲进了深宫。京城百姓拍手称快，以为苦出头了。谁料到一场大雨，把钱家的纸兵马淋得稀烂。皇帝立即降旨，搜查捉拿起反首领，满门抄斩。可是奉旨前来的官兵们扑了个空，只好空手回去。

后来，每逢秋雨连绵的夜间，总有人看到钱家湾村石桥上隐约出现一个女子的身影，徘徊于村头，时而看看布满星星的夜空，时而站在石桥上望望钱家湾村，久久不愿离去，直到鸡啼三遍，方才消逝在天亮前的黑暗之中。

蟠龙镇来历

华漕镇诸翟西南有个小镇叫蟠龙镇。在很久以前，这里还是一片汪洋大海。海边有一家财主，是个贪财势利的人。有一天，财主家来了一位江西客人。客登门，主招待。财主带领他踏看田地，参观房舍。当江西人走到两间茅屋门口时，不走了。财主觉得奇怪，问他为什么立定不走？江西人反问财主："这两间茅屋是谁的？"财主告诉他说："是长工住的，屋太破了，你看连床横头也全是蜘蛛，让你见笑了，走吧！"江西人笑笑说："我就是要看这些蜘蛛。"财主也笑笑："蜘蛛有什么稀奇？"江西人马上接着说："我要买一只回去。"财主顺着江西人所指的方向看去，果真有一只大蜘蛛，大得出奇，并且在闪闪发光。财主忙问江西人，愿出多少钱？江西人伸出一个指头，财主有意讲得大一些："一两银子？"江西人说："不，一百两。"财主吃了一惊，心想，其中必有缘故。他灵机一动说："卖给你可以，但你要讲清，这蜘蛛有何妙用，值此高价？"江西人说："这蜘蛛是件宝贝。在中秋节的子夜时分，用绳系牢蜘蛛，放入海去后，你说金子来，金子就会来，你说银子来，银子就会来。你要什么，就来什么。"财主听了心花怒放，马上进去将这大蜘蛛捉进房边挂着的小灯笼。当然再也不肯卖了，江西人没办法，只能走了。

好容易盼到八月中秋的晚上，财主酒醉醺醺，早已守候在海滩边了。到了子夜时分，急忙将蜘蛛用绳系牢，放入大海。财主想："金子银子我有的是，就是海里的龙没买到。"他就连呼几声："我要龙来，我要龙来！"话音未落，只见东洋大海顿时狂风大作，海浪铺天盖地，随着海浪有个庞然大物，张着血盆大口，扑了过来。近看，果真有一条巨龙。巨龙围着蜘蛛，盘曲而伏，慢慢下沉。财主吓得目瞪口呆，来不及醒过神来就随绳子跌进了大海。

后来，这块龙盘蜘蛛的地方成了陆地，有人到此盖房定居，渐渐热闹起来，成了一个小镇，称作蟠龙镇。

犯罪桥

华漕陈思桥，是个大宅基，因桥得名。其实，陈思桥有二座，一大一小。小陈思桥又叫犯罪桥，为啥起这样的怪名字呢？

相传，当年此地有个青年叫吴贵根，看上了对浜阮家的小秋姑娘。但小秋父母给女儿寻了家富人家，逼她成亲。这天，小秋半夜溜出门，到对浜寻贵根想办法。贵根父母死得早，只有三亩薄田，无财无势，怎能救得了小秋呢？小秋与贵根实在要好，却无法成婚，眼看就要终身分手，两人就抱在一起，自做夫妻。

哪晓得，小秋父母带人冲进吴家，将他两个人绑了起来，送进祠堂问罪。族里长老见贵根是吴家独苗，就罚他在横沥港上造座石桥替罪。贵根只得变卖了三亩田和破房子，请人造桥。桥造后，族里长老称它"犯罪桥"。

小秋姑娘又羞又恨，一病不起。贵根也不知流落到了哪里。当地人觉得"犯罪桥"名称不雅，后来就改叫"小陈思桥"。

张箍桶桥

诸翟老镇东首，曾有一座张箍桶桥，其来历充满传奇色彩。当地文士撰《张箍桶桥》诗云："二程周易听论深，箍桶高名不肯存。岂有素书圯畔受，偏留姓氏向江村。"

相传，很早以前从外地迁来了一个姓张的年轻人，靠帮人箍桶谋生，人称"张箍桶"。张箍桶匠经常出门去做生意，可是河上缺少一座桥，实在不方便，就默默许下了造桥的心愿。他做事踏实，手艺又高，天天起早摸黑地干，加上省吃俭用，钱也就慢慢积聚起来了。好心的邻居劝他娶媳妇成家，他摇摇头。有些有姑娘的人家见他忠厚老实，又有手艺，就托人提亲，他又推说年龄还小。

四十年过去了，张箍桶匠须发花白了，但还是那样贪做省用。有人说他是个怪老头子，有人说他是个守财奴。

在一个秋雨蒙蒙的夜里，张箍桶匠病倒了，病情一天天加重，他晓得自己再也爬不起了，就请乡亲们到他床前，对大家讲："众乡亲，我恳请你们帮我个忙。四十年前，我许下了造桥的心愿，把挣来的钱都埋在东屋角墙下。我死后，你们把它掘出来造桥吧！不足的数目，还请各位相帮。"说完，他就去世了。

根据张箍桶匠的遗嘱，小河上的木桥很快就架了起来，人称张箍桶桥。到了清代，木桥改建成石桥，取名云龙桥，但乡亲们仍然叫它张箍桶桥。

纪王镇由来

相传在秦朝末年，各地农民起义军都要推翻秦朝，力量最大的要算刘邦与项羽了。他们俩约好，谁先打进咸阳谁就做皇帝。结果刘邦依靠手下的军士将领齐心合力，占领了咸阳。项羽心中不服气，就背信弃义调兵遣将围攻咸阳。刘邦的兵力只有项羽的几分之一，加上粮草不足，武器缺少，刘邦在城里被项羽团团围困了两年零七个月。正在走投无路辰光，项羽送信来说：只要交出刘邦，项某绝不伤害城里官兵百姓。消息传开，城里人们议论纷纷，要么交出刘邦，保全全城的人，要么全部困死在城里。

正在左右为难之际，军中有个和刘邦一道起兵的小官叫纪信的，他来到刘邦面前说："大王，你看，我和侬长相蛮像，事到如今，我想代替大王出城去，你看好哇？"刘邦流着眼泪，亲自给纪信换上自家的衣裳，又牵来自己的白马，扶纪信上马而去。乘着项羽得意的辰光，刘邦带着十几个大将从西冲了出去。

不久，纪信被项羽活活烧死了。刘邦夺了天下，坐了龙廷，不忘纪信的功劳，封他为"忠靖王"。

纪信生前未见过海，嘱咐死后葬在海边可听得到江潮声。为此，刘邦特意乘船沿着吴淞江为其寻找安身之处，寻至"七家村"（现纪王村新街口为七家村故址），见风水颇佳，决定在此为纪信建庙，题名"纪王庙"，

刘邦送纪信出城 施瑞康绘图

在鹜山造了"纪信行宫"。

从此，到纪王庙来烧香的人越来越多，不久就形成了一个不小的集镇，人们就称这个集镇叫纪王镇，而纪王村一主干道则被称为纪信路。

纪信

纪信，汉朝将军。曾参与鸿门宴，随刘邦起兵抗秦。在荥阳城危时乘黄屋车、用左纛，自称刘邦向西楚诈降，使得刘邦逃脱，自己被俘。项羽见纪信忠心，有意招降，为纪信所拒。最终被项羽用火刑处决，多年后被郑州人民奉为城隍。

纪信画像

纪王文昌庙

淞南文昌帝君庙在纪王镇南三里（今红卫村），俗称纪王文昌庙，始建于清乾隆五十五年（1790）。

嘉庆十六年（1811）七月，本地张崇傃（字补庵，贡生）募款重建。特邀李赓芸撰《淞南文昌帝君庙记》，并勒石立碑。

咸丰十年（1860），文昌庙毁于兵灾。

光绪三年（1877），文昌庙重建前楹，时有殿堂九间，附房六间。

1964年，文昌庙被拆除，就地建造文昌小学，后称红卫小学。

淞南文昌帝君庙记碑原碑在近二十年间流失。碑文录自光绪《纪王镇志》卷四《艺文》：世之奉文昌帝君久矣。唐宋两朝，屡加封号，至元之延佑而尊为帝君。近三四十年来，帝君灵迹益著……赐进士出身、诰授朝议大夫、前知嘉兴府加四级，邑人李赓芸撰。时在嘉庆十有六年次辛未孟秋之月。

长寿寺

南宋乾道年间，有两位游僧，一个法号如行，另一个叫飞锡，一起来到周浦塘与鹤坡塘交汇处（今浦江镇勤劳村），筹建了一座小庙。他俩在当地四处走访，不久，遇上了官职为忠翊郎、东南正将的潘德刚。

当时，潘德刚辞官回乡后，就安居在附近（今三友村），见两位办事认真，就表示乐于捐资，并发动筹款，在当地建一座像模像样的寺庙。于是，经过几年努力，在宝祐年间（1253—1258），颇有规模的长寿寺终于建成了，潘德刚亲手在庙里种植了五棵银杏树。

元至治年间（1321—1323），名士赵孟頫为长寿寺书额，又有杨载（字仲宏）撰写了《长寿寺碑记》。后来，隐居在浦西乌泥泾镇的才气俊爽的诗人王逢（字原吉）也特地赶来烧香，还作了《题鹤坡长寿寺》诗，表示："老我愿为僧一日，尽招新鬼上慈航。"

长寿寺几经兴衰，几度重修。清康熙三十一年（1692）七月，寺内有四朵并头莲花盛开，寓示长寿寺进入鼎盛时期。次年，寺僧恒贯特请贡生潘牧（字甸君，号牧园）编出《长寿寺珠林世谱》，汇集历代文献，核考本宗世系，为建寺以来三十六代寺僧一一作传，并附录历代有关诗文，为长寿寺描述出了辉煌的历史画卷。

链 接

长寿寺

长寿寺，位于鲁陈公路张行路口，占地6700平方米，有比丘11人。1971年改建为大队仓库。后因浦江镇作为市政府"十一五"期间规划的"一城九镇"，需动迁区域内寺院。2006年7月6日，闵行区政府召开浦江镇宗教活动场所动迁建设问题协调会，决定在现址恢复浦江长寿寺。

2007年8月1日，市民族宗教委发出行政许可决定书，同意在浦江镇杜行鲁陈公路张行路口筹备设立佛教浦江长寿寺。2010年4月17日，浦江长寿禅寺举行奠基仪式。2011年10月5日，经市发展改革委员会核准。新建寺院为明清寺庙建筑风格，总投资约3000万元。

长寿寺古银杏

报恩桥的故事

相传明天启六年（1626），一只小船悄悄地停靠在召稼楼奚家的水桥码头，一个人上前敲开了奚家的门。不一会儿，几个家丁抬着三只箱子进了奚家大院后，那船很快一路沿姚家浜向东而去。来人是周浦商家冯克安的管家冯福宝。今夜他奉主人之命将三箱金银，寄放在商界口碑极好的明方孝孺后人召稼楼奚家。说好日后时局一稳就来取，但半年多过去仍不见冯家人影。

原来，冯家族人被关押，家产被抄没，老人相继过世……只有冯克安的小儿子伯卿逃脱，可他下落不明。有天晚上，奚家的管家带回冯家后人冯伯卿住在川沙的信息。奚老爷拿出当年冯克安给的密信。信中提到儿子冯伯卿右手腕上有圈粗黑汗毛的特征。于是，又派人去川沙暗访。结果，那个冯伯卿右手腕并无那粗黑汗毛。

有年奚家少爷去新场刘记盐铺订货。突然发现那账房的右手腕上，有圈又粗又黑又密的汗毛，可他不姓冯。奚少爷了解到冯伯卿逃脱官府抓捕后，被一俞姓老人收留，于是改姓"俞"。

奚家少爷又到刘记盐铺，与小俞先生"闲聊"。聊到当年冯家大难，在奚家寄存三箱细软，奚家已两代人十多年寻找主人的事时，小"俞"他涕流满面，痛哭失声……

奚少爷吩咐家人带上那三箱金银星夜出发，赶到新场俞家"完璧归赵",冯伯卿把这三箱金银做"垫手布",经过数年的打拼,终于富甲一方。冯伯卿亲自带着六箱金银送到召稼楼,又遭到奚家的谢绝。于是双方约定:把其中三箱用于修缮千年古刹金刚庙,另三箱,用于翻建召稼楼市河上摇摇欲坠的"保安桥",并改名为"报恩桥"。

如今,在召稼楼古镇,至今依然流传着奚家诚实守信、冯家知恩图报的故事,教育、激励着一代又一代的后人。

报恩桥(丛洁 摄)

说不尽的向观桥

当年，鲁汇镇西南闸港河上有座向观桥，桥堍的村宅也叫作向观桥（今浦江镇正义村），明朝弘治年间的《上海县志》就有记载，生活在这里的以及南面相邻的奉贤县金汇镇金星村徐家塘的人，不少是明代科学家徐光启的后裔。

听老人讲，早在明代时，某日有个十五六岁的后生撑船要来此地，他沿闸港河朝东走了三五里，看见桥上有座竹桥，对岸上有三间平房。他正看着，忽听到屋门口传来一阵姑娘的歌声，听着听着，也忍不住应声唱了起来。一息，有位老人走到桥边问他："小伙子，姓啥叫啥？来做啥？"他忙回答："小生姓徐名向观，只因爷爷得罪朝廷奸臣，被赶出京城，家中就此落难，我便跑出来做小生意，积点钱回去孝敬父母。"老头是读书人，听他一说，十分同情，叫女儿过来与他结为兄妹。向观急忙谢过，认老人做过房爷，在此住了下来。

向观以前看见过"生铁补锅子"，而此地无人作此营生，他就学起了这门手艺。一干，生意不错。他每日回来把赚的钱交给过房爷，老人舍不得动用，就替他积在箱子里。日脚一长，数量已是十分可观。

向观日日外出补锅，小妹在家洗衣补裤，两人每夜跟着老人读点书，日子过得蛮安稳。谁知不久，老人一病不起，向观停了生意，到处求医赎药，就是不见老人的病好。在一日夜里，老人叫他俩到床前拜了天地，临

徐向观将竹桥改造成木桥，便于乡亲出行　施瑞康绘图

闭眼前，将多年来积攒的一箱子钱交给了小夫妻俩。

　　一年后，小夫妻俩生了个儿子。有日早上，他们拖着儿子出门上镇去，走上竹桥，桥便"叽叽嘎嘎"响个不停，十分危险。小夫妻俩一商量，决定拿出父亲留下的积蓄，将竹桥改造成木桥，为乡亲们做件好事。桥很快就造了起来，乡亲们十分感激，纷纷赶来道谢，称它是"向观桥"。消息传开后，连他俩住的小宅基也被人称作向观桥。后来，小夫妻俩又积了点钱，在附近又造了座桥。从此，闸港河上有了南北两座向观桥流传下来。

　　史书上则有记载说，明崇祯五年任礼部尚书兼文渊阁大学士的徐光启，有个孙子叫徐昆迁到此地（今正义村七组，即南徐自然村），当时年仅十四岁。而徐昆又名叫向观。因此，在向观桥有座徐氏祠堂，是徐光启的家祠，也曾是当地徐氏子孙的"学堂"。现在，徐氏祠堂被列入"闵行区第一批不可移动文物"名单。

链　接

徐氏宗祠

　　徐氏宗祠位于浦江镇鲁汇正义村7组（叶家塘17号），祠内至今保留着清嘉庆二十五年（1820）遵勒大宪印帖碑和同治十三年（1874）奉宪刊碑。2003年8月，徐氏族人呼吁政府保护徐氏宗桐，并愿集资维养。2003年12月15日闵行区公布向观桥徐氏宗祠为不可移动文物保护单位。

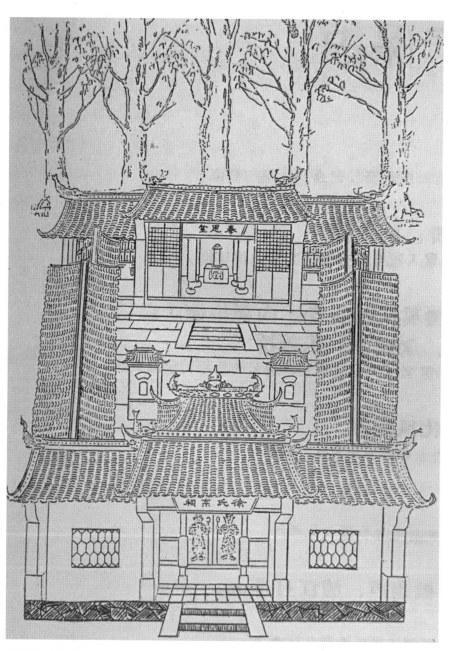

徐氏宗祠（绘图)

遵勒大宪印帖碑

遵勒大宪印帖碑位于浦江镇正义村叶家塘17号、原徐氏宗祠门厅东侧墙内。该碑为方首立碑，通体青石质。碑额高50厘米，宽83厘米，浮雕仙鹤祥云纹，镌篆书"遵勒大宪印帖"六字；碑身高160厘米，宽83厘米；碑座现埋于地下。碑身刻文皆楷书，自右向左竖排，首刻"执帖"二字，共19行，满行49字，计665字，主要记述徐氏宗祠财产管理制度和族规，落款为"清嘉庆二十五年十二月十五日户总科承"。因碑座埋于地下，其尺寸纹饰无法考证。

遵勒大宪印帖碑

"白场"的由来

在浦江镇杜行建岗村,当年有个宅基叫白场。

相传,在明朝成化年间,村上出了一个姓杜的,在朝中做个三品官。他家族人即在杜行建起规模不小的"书席宅",人们惊叹不止,议论纷纷,而且越传越远,越传越奇,甚至说它高达十余丈,超过了九丈九的朝廷龙庭。

有人认为此事可大做文章,竟然奏报皇上,说他心怀不满,暗结流寇,私造皇宫,有叛逆之罪。

皇帝听了勃然大怒,即派出钦差追查问罪。

钦差尚未出京,信息已传到当地。杜家族人得到凶讯,焦急万分。他们明白,尽管并无谋反之心,也没建造什么龙庭,但既然已有小人恶告,就必须谨慎,若稍有口实,难免会株连九族。

于是,杜家族人连夜放火烧掉了自己新造的住宅,并作了全面清理。

当钦差赶到此地,只见杜家族人住的只是些旧房子,边上也只有一大块白地。来势汹汹的钦差抓不到任何把柄,只得照实回禀皇帝。此事也就这样不了了之。

从此,人们就把杜家烧掉新屋的地方称作"白场",即使后来造起了一批批房子,白场这个名称一直流传至今。

蛤蟆坟

浦江镇陈行吴村西头的田野里有一个很大的坟墩，人称蛤蟆坟。蛤蟆怎么会有坟墓呢？这里边有个动人的故事。

古时候，离吴村四五里地有一家财主，财主家有个丫头名叫阿平。阿平每天帮财主家淘米烧饭，拎水洗衣，做来十分辛苦。有一天，阿平正在河滩上一边淘米，一边把米虫拣出来。这时，忽然有一只蛤蟆游到她面前，两只脚朝水桥石上一搭，瞪着大眼望着她，好像要吃食，阿平就把米虫丢了过去。蛤蟆嘴巴一张，就把米虫舔进嘴里。阿平见蛤蟆很有趣，索性把所有的米虫都丢了过去。阿平丢得快，它吃得快。等阿平把米虫都丢光，蛤蟆也吃饱了。它朝阿平感激地望了一眼，就别转头，游到对岸的草丛去了。

说来也怪，从此，那只蛤蟆竟天天按时过来吃阿平捡出的米虫。那蛤蟆吃了米虫长得很快，不到一年，竟长得如碗口那般大了。

再说，财主家有个狗腿子，浑名叫四眼狗，本是个好色之徒。这一天，他见阿平出外淘米，就悄悄地跟了出去，藏在水桥上头那片竹林里偷看姑娘的举动。看着，看着，他忽然看见有样东西迅速地游到阿平面前，定睛一看，吓了一跳，原来是一只从没见过的大蛤蟆。那蛤蟆爬上水桥石，头一低一低地吃起阿平丢给它的什么东西。他猜想，那定是主人家的米粒。好啊，今天当场抓住阿平的这个把柄，不怕她不乖乖地听从我摆布。

当阿平提着淘箩上岸，经过竹林时，四眼狗立刻窜出来挡住她的去路，奸笑着说："平妹子良心不错呀，偷了东家的白米来养蛤蟆，要是东家知道了，哼哼……"阿平一听四眼狗满嘴胡语，心头火起，骂道："你不是有四只眼吗？怎么把米虫当成了白米？把米虫给你吃，你要吃吗？"四眼狗听说给蛤蟆吃的是米虫，嘴巴一闭讲不出话来。四眼狗一计不成，就使出下流手段，抓住阿平往竹林里拖。"啪啪"两声脆响，四眼狗脸上挨了阿平两耳光。阿平边打边说："你再不放手，我就喊了！"四眼狗一慌，手一松，阿平就逃开了。这家伙油水没捞到反挨了打，恨得咬牙切齿。事后，四眼狗在财主面前诬告阿平偷东家的白米养蛤蟆，财主信以为真，把阿平毒打一顿之后赶出了门。阿平只好提起讨饭篮，孤零零地外出讨饭去了。说来也奇怪，那只大蛤蟆一连几天没看见阿平来，就上岸四处寻找。终于找到阿平，并从此跟阿平四处讨饭了。

一天夜里，阿平来到吴村附近的一座破庙里投宿。她点亮了观音像前的残烛，就地铺上破麻袋，躺下身子呼呼地睡着了。而那只大蛤蟆从篮里爬了出来，守在她身旁，瞪着一双大眼注视着周围的动静。远处雷声隐隐作响，庙里空气又湿又闷。突然，墙角里爬出一条尺把长的蜈蚣，窸窸窣窣朝阿平的脚边爬来。蛤蟆见来了敌人，顿时抖起精神，嘴巴一闭，肚皮一胀，迸出一股白色的毒浆喷在蜈蚣身上。蜈蚣溅着毒浆，身子抖缩几下，趴在地上不动了。谁知，一害刚除又来一害。随着一股阴气，菩萨座后面沙沙地游出一条又粗又长的毒蛇。那条蛇粗如童臂，长有丈余，吐着毒信朝阿平的头部逼来。正在危机时，蛤蟆一扑一跳迎了上去。那毒蛇根本不把蛤蟆放在眼里，只管头一昂朝阿平扑去。正在紧要关头，蛤蟆鼓足全力，对准蛇头接连喷出两股毒浆，直喷得毒蛇眼里火辣，嘴里发麻，挣扎几下也送了命。

正在这时，"轰隆"一声惊雷，把阿平惊醒，与此同时，突然庙门开了。从门外扑进一个提着灯笼的人。阿平吓得尖叫一声，缩紧在墙角里。来人正是阿平的对头四眼狗！那晚四眼狗到乡下催讨租米，回来遇到暴风雨，见有座破庙就进来避雨。没想到，冤家路窄，竟在此地碰着阿平姑娘。那家伙定定神，把灯笼一放，像恶狼似的扑了过去。突然，那只大蛤蟆纵身跳上四眼狗的肩头，还没等四眼狗看清，蛤蟆浆已喷进了他的狗眼。四眼狗顿时痛得满地打滚。那蛤蟆还不罢休，竭尽全力喷出了身上最后一股毒浆液。它自己也趴在地上不能动了。当阿平见身边死了的蜈蚣和毒蛇，又看到跌倒在地上挣扎的坏人，她才明白是蛤蟆救了她的命。她不敢再待下去了，俯身抱起那只死蛤蟆离开了破庙。

第二天，阿平央求一位善良的农民，在吴村的一块荒地把蛤蟆安葬了，并为它垒起了一座高大的坟墩。蛤蟆坟的故事就此流传开来。

无字的贞节牌坊

原先，在浦江镇鲁汇老街的西梢头有座草庵，在草庵的东面有一座贞节牌坊。

牌坊坐北朝南，高五六丈，宽一丈半，有点歪斜，中间有条缝，好像被人重新修补过，最奇怪的是上面没有字。为何没有字，说来话长。

有一年冬天，大雪风飞，在雪地里有一中年妇女带着一个十几岁的小女孩挨家挨户地乞讨，以此度日。

村中有一赵老爷，家有良田百亩，还经营着米庄和药房，"算盘"邪精。虽然有三个女儿，却只有一个儿子，而且儿子赵大宝自打出娘胎就有病，一激动就咳嗽不止，大夫都说他活不过20岁。

这天，妇人带着小娥乞讨，讨到了赵老爷家，赵老爷见是两个叫花子，眼皮都不抬："快滚快滚，别影响我这米庄生意。"

已经一天没吃饭的妇人看到这么多米摆在眼前，眼睛都直了，可是这赵老爷一把也不肯施舍。这时，小娥拉了拉母亲手："娘我们走吧，这奸商不会施舍给我们的！"

赵老爷一听顿时来火，瞪着小娥，这一看不要紧，这小娥居然是个美人坯子，赵老爷顿时起意：正好儿子还没结婚，村里人也没人愿意嫁，这小妞不错。于是便趾高气扬地指着小娥道："别怪我没给你们活路，你若嫁给我儿子，保准你天天大鱼大肉。"

哪想母女俩看都没看他一眼就直接走了。

天有不测风云，没两天，在一个大雪夜，妇人失足掉进河中，淹死了。小娥身无分文，无奈只得头上插了个草标，卖身葬母。这天又几个"好心人"见小娥长得标致，想"帮"她一把，没想赵老爷却带了几个家丁站在旁边，众人见状哪还敢说话。

小娥心中明了，没办法只得求赵老爷："只要让我母亲入土为安，我愿意嫁入你家，做牛做马！"

赵老爷这才满意地点了点头，安排人将妇人安葬后，就张灯结彩，披红挂绿地将小娥娶进了门，还请来了戏班子。赵大宝婚事办得很隆重。可是，晚上赵大宝将众人赶走，揭开红盖头准备同房时，过度激动，老毛病又犯了，这回咳着咳着一口气没上来，两腿一伸就断了气。

本来是打算给儿子冲喜，结果喜没有，却有了丧。赵家人都说她克夫，才嫁进赵家，结果就克死了丈夫，百般为难！

在此期间，赵老爷还几番欲行不轨，小娥抵死不从，赵老爷怀恨在心。

小娥举目无亲，有苦没处说。碰巧有天，赵老爷喊来一个石匠来府中修葺，一问之下竟然是小娥同乡，叫石蛋。石蛋为人老实憨厚，府中上下只有他一个人真正关心小娥，两人时不时地在一起聊天、诉苦。

两人有情有义，准备一起回老家过日子，没想到此时早就被赵老爷知道了，于是赵老爷暗中买通官府师爷，采用了一个恶毒办法。

不久，县衙派人敲锣打鼓送来了朝廷圣旨，要小娥守寡，建造贞节牌坊。赵老爷用心歹毒，明知石蛋与小娥互相爱慕，居然让石蛋来造牌坊。

眼看牌坊快建起来了，小娥心灰意冷，把心一横，就在草庵削发为尼了。赵老爷心急如焚，这从没有听过给尼姑建贞节牌坊的啊，这要是皇上怪罪起来如何是好。

赵老爷心想："管你出不出家，先在牌坊刻上你名字，再将人绑起来，囚禁在赵家即可！"说干就干，当夜，赵老爷带上石蛋去牌坊上刻字了，哪想才刚动手刻，突然刮起大风，牌坊拦腰被吹断，正好将下面看热闹的赵老爷砸死了。石蛋却啥事没有！

村里人都啧啧称奇，这风居然能将牌坊吹断，也是千古头一回，赵老爷也算是罪有应得！于是，这牌坊也就变成了无字牌坊。

新娘子桥

浦江镇鲁家汇东南有顶桥，叫景仰止桥，早先，叫新娘子桥。提起新娘子桥，有一段叫人伤心的故事。

在清朝乾隆年间，当地有户人家，户主周财发是个苦恼人，他女人死得早，儿子成了家不到一年，也死了，撇下公媳两代人，苦苦恼恼过日子。周财发是个经纪人，一年四季，跑在外面做小生意。媳妇叫金惠英，生来人品好，手脚巧。公公在外头做生意，伊蹲在屋里做布。周财发三月一转，两月一回，见媳妇人躲在蚊帐里织布，却就是不看见卖布，不晓得在织啥个名堂？如果要靠卖脱布来卖柴米，人老早饿煞了。财发虽然面上勿讲，心里总归有点不开心。

惠英闷声不响，日日织呀，织呀，织了三年零六个月，一匹布总算织好了。等到公公回到屋里，惠英把布一包，叫公公拿到镇上去卖。她笑嘻嘻地对公公讲："爹爹，侬卖布去，打算撑船去，还是骑马去。"周财发一听，"哼"一声冷笑，讲："哦哟哟，新娘子家织了一匹布，稀奇勿煞，要撑船骑马做啥？我不做小生意，单靠侬三年零六个月织这匹布，屋里老虫也死光哉。"惠英一听，气得朝房里就跑。

周财发到了布庄上，老板接过布，仔仔细细一看，朝周财发眯眯一笑，问道："老朋友，侬撑船来的，还是骑马来的？"财发一呆，支支吾吾。老板以为他故意卖关子，忙说："你以为我不识货？这匹布是可以做皇帝伯伯龙袍的料作呀！侬要银子，还是要铜钿，请用船装。"财发不敢相信自己的耳朵，只是在一边发呆。老板生怕他翻变不肯卖，忙吩咐伙计立即代财发喊好一条船，把铜钿一箱箱搬上去。

周财发装了一船铜细回家，心里开心来话也说不出。一路摇船一路想，这新娘子能干啊！方才是我不好，对她讲了几句气话，回到屋里后，定要认错。船到了财发家门口，只听得一片哭声。上岸一看，见四邻八舍，男男女女都在哭。原来，新娘子惠英已经上吊死了。周财发好似五雷轰顶，只怪自家有眼无珠不识货，讲错闲话，气煞了这样能干的好媳妇。

为了纪念这个好媳妇惠英，周财发把卖布所得的铜钿造了一顶桥，并取名叫新娘子桥。更有人为仰慕这位才女，题名改成景仰止桥。

1938年农历五月十三日，侵华日军扫荡景仰止桥，这里有三十余间房屋被夷为平地。

1968年，石桥改建为钢筋混凝土拱形桥。

1992年，开挖泰青港时又重建。此桥一变再变，传说传了一代又一代。

排马庙和晒旗场

原上海县陈行地区（现属闵行区浦江镇）的跃农村，有座庙宇叫"排马庙"，一路向北五里许处的叶凌村有个自然村宅叫"小计宅"。据传，这些名称都与三国时代的吴王孙权到此"狩猎"有关。

在三国时代，上海浦东一带均属吴国属地，那时还是一片芦苇荡。

有年春末夏初，孙权带兵顺长江口拐进一条支流，这条支流就是春秋战国时楚令尹黄歇带领百姓疏浚治理的"黄歇浦（今黄浦江）"。吴王船队一路浩浩荡荡，顺潮流前行，过了龙华湾向南不远，吴王见东滩一带芦苇茂密，芳草萋萋，空中野鸡野鸭众禽飞翔，地上野兔野羊各种走兽出没，是个天然猎场。

于是，吴王命令船队停靠东岸，官兵上岸寻找平坦之地安营扎寨。随即一路沿黄浦江向南狩猎。行不过10里，发现一处猎物尤为丰富，于是"六军"在此"排马"，官兵一起步行围猎。吴王一路狩猎"战果"累累，十分高兴。

有天上午，天气晴好。孙权率兵出行狩猎，不料天气突变，连忙吩咐班师。途中，天空突然变得乌云密布，须臾间雷电交加，紧接着下起一场倾盆大雨。军士们都被大雨淋得浑身湿透，如同落汤鸡一般。刚才还迎风招展的旌旗连同流苏，被大雨一淋，都湿漉漉地缠在旗杆上。

因此，吴王命令部队就地休整，把全军所有的旗帜都集中存放，待天晴摊晒。想不到这雨来得快，去得也快，一会儿就阳光灿烂了，军士就

吴王狩猎　施瑞康绘图

搬出一捆捆淋湿的旗帜，一杆杆插在四处的田野里晾晒。军士们就地埋锅造饭。经过两个多时辰的休息，士兵们吃饱了饭，衣服也晒干了，那些旗帜猎猎作响，蔚为壮观。

据载，在三国赤乌年间（另传为明洪武年间），人们在"六军排马"围猎之处造庙纪念，叫作"排马庙"，也叫"排王庙"（现闵行区浦江镇周浦塘南跃农村，残留庙宇依然）。

而那个曾经晒过旗帜的无名小村，自此有了名——"晒旗场"，即后来的叶凌村4组的"小计宅"，实为人们口误，现已动迁。

链 接

排马庙和义田碑记碑

排马庙位于浦江镇跃农村立跃路4456号。始建时间不详。至新中国成立前，存殿屋14间，庙田16亩。1912年，在此设排马庙义学，庙宇即为学校占用。2002年，学校搬出，恢复排马庙为烧香点。

排马庙义田碑记碑嵌立于排马庙西殿内西侧南端墙角处，面东而立。该碑为竖直长方形折角立碑，大理石质，高约136厘米，宽57厘米。碑额自右向左阴刻横排篆书"排马庙义田碑记"。其下碑文均阴刻楷书，自右向左竖排，正文14行，满行约56字，主要记述该庙几经兴衰和重建经过，及筹款事宜等，落款为"天启二年岁次壬戌小春既望"。其后刻楷书小字，共9行，主要内容为捐款人姓名和捐款数额。因石碑下部受潮表层剥落，故碑文无法全部识读。

金钟庙的传说

从前，吴泾俞塘村，靠近黄浦江海滩的地方，有座金钟庙，庙主叫金作艾。一百多年前的农历五月二十三日，突然雷电交加，风雨大作，金钟庙上空出现了一条小白龙，将庙内的金钟卷入俞塘河，又随着河流掉进黄浦江。后来金钟托梦给金作艾说："你把庙院建造满十排九亭心（院子），我就会回来的。"

于是，庙主开始建造庙院。在即将完工时，庙院忽然倒塌了。以后一连造了几次，都倒塌了。此后，金钟再也没有回来，但每逢大雾天气时，金钟会浮在黄浦江面上。

有一天，一条捕鱼船在江面上遇到了金钟，渔民拼命把金钟往船上拉，但金钟反而把捕鱼船沉入江底。其中一人急中生智，用板斧砍，砍断了金钟上的两节金链，并将砍断的金链带回家。后来，那人得了重病，很久未能治愈，只能用卖掉金链得到的钱治病，直到把这笔钱用完，才治好病。

环龙桥

闵行有一条横泾河，一路向南流入黄浦江。

一天，有位年轻后生赴考，乘船途经横泾河。忽见一条鲤鱼露出了水面，一刹那，鲤鱼跳入船舱。船夫大喜，情不自禁地说："今天我有鲜鱼吃了。"年轻后生心想船夫有美餐，我说不定也有好运。后来他果然考中了。若干年后，状元就在鲤鱼跳进船舱的地方建造一座桥，桥西端又造了两座乘凉亭，这座桥就叫环龙桥。

链 接

据《塘湾镇志》记载，尚义桥，原称环龙桥，位于幸福村8队。据《同治上海县志》载，该桥是在宣德年间，由兵科给事中蒋性中所建。与古桥连通的是一条南北向、古已有之的"官路"，南通黄浦江，北接塘湾老街。

尚义桥系石拱桥，由四块条石拱成桥座。桥面由石板铺成，次第成阶梯式，桥长13.32米，中宽2.82米，拱径4.4米，顶心石浮雕灵芝漩涡纹，两侧额石均刻阳文楷书桥名"尚义桥"。2003年公布为闵行区文物保护单位。

尚义桥历经500余年沧桑，古风犹存。随着上海紫竹高新区的开发建设，吴泾镇的环境发生了巨变，这座著名的古桥也被规划进了华东师范大学，成为该校的一大"古迹景观"，受到华东师大师生的青睐。

尚义桥（梁薇 摄）

剥狗桥

传清嘉庆年间，在今吴泾镇境内，剑川路北，宝秀路西，有一座桥，名叫"剥狗桥"。如今，河填桥废，但关于这座桥的名字还有一段传说呢！

该桥系砖拱小桥，因剥狗一案而建。相传当时该处"清华浜"两岸的杨家宅与北奚宅隔河相望，因其间小桥颓废，往来须绕道而行。某日，北奚宅一人经过杨家宅被狗咬而失手击毙剥之，杨姓人愤而不平，扬言欲复杀犬之仇。奚姓亦一族同心，拟予迎击，时剑拔弩张，几欲斗殴，后经智者调解，终未遂。后杨姓告状于县衙，县令断之曰："奚氏无辜伤杨之犬，自当负咎，然杨氏以此而欲加殴于奚，错甚。鉴奚、杨两宅，因无桥沟通而鲜往来，弗若由奚姓聚资建桥焉，以赎前愆，永息事端。"奚杨当即认可。时有富绅奚老万者，慨而承之，独资建一砖拱小桥于杨宅西，事遂平。此先因剥犬，险成祸端，后经断案而建桥归和之事，一时传为佳话。于是乡人便称该桥为"剥狗桥"。

龙音寺里的木龙头

闵行老街有座龙音寺，寺里除了有观音菩萨、释迦牟尼和地藏王等菩萨的塑像外，还供着一个木雕的龙头。

龙音寺为什么要供着这只木龙头呢？说起来还与龙音寺的来历有关呢。

龙音寺原先叫观音阁，坐落在横泾河东岸，距黄浦江只有百步路，阁门面对横泾河。阁底有南北两个柴间，阁中有三个尼姑。有一天，一个尼姑到北面的柴间去取柴，发现柴草堆上有一条大白蛇，约碗口粗细，一丈余长。观音阁里的尼姑们认为这是白龙修身，不敢惊动它。过了一段时间，她们就用木棒去驱赶白蛇，白蛇就缓缓地游出柴间，径直游进门外的横泾河里。尼姑见白蛇游入水中。更认为它是白龙所变，就请人雕了一只木龙头供奉在柴间里。以后，人们听说这里有过白龙修身，前来进香膜拜的人越来越多。后来，奉贤县三官塘（现光明镇）的一个吴姓小姐出家当尼姑，被请到观音阁来当师太。

1937年，观音阁拆除重建，因有白龙修身，就把庙名改为龙音寺。龙音寺的建筑面积比原来的观音阁扩大了许多，共有房屋三十多间。其中正殿为二层楼，殿前设有大铁香炉、大铜钟，还用香木重雕了一尊大观音佛像，木龙头也放进了殿内。

链 接

龙音寺原名观音阁，始建于清朝乾隆年间，原坐落在闵行老街横泾东岸。

1937年2月，观音阁的主持惠明师太将观音阁拆除重建，并改称龙音寺，同年8月，刚造好龙音寺，即遭到日本侵略军的轰炸，龙音寺的前后都受到了炸弹的袭击，惠明师太受此打击，没几天就圆寂了。

1949年后的龙音寺一度改为闵行镇草织厂，街道工厂。1995年，闵行老街规划改建，龙音寺迁至闵东路1号。直到1996年2月，上海市佛教协会派上海佛学院第一届毕业生信弘法师担任对龙音寺的开放修复工作，于4月在当地政府的支持下很快进行维修，破旧不堪的房屋焕然一新，为广大信众提供了修学的活动场所。

清静庵

闵行老街上的原华坪街道加工厂是一所两层楼的房子，这就是解放前的清静庵（1897年修建）。传说庵里有一只四个人也抬不动的铜香炉。经过调查，它不是铜的，而是一只约二百公斤重的宝塔形的铁香炉。庵里还有四尊菩萨：三官老爷、观音菩萨、济公活佛、圣阳菩萨。这四尊菩萨身上都涂满了金粉，又叫金身菩萨。这四尊菩萨和铁香炉解放后就送到上海市区去了。

这座清静庵是一个叫普顺的尼姑化缘修建的。当时传说，普顺是有点来历的，她是从普陀山南海观音菩萨身边派来普度众生的。她到闵行时只有十多岁，身上背着一只菩萨画像的口袋，胸前挂着一口木鱼，点了一炷香，敲着木鱼，走街串巷，到处化缘，经过许多年的化缘，积攒了一些钱就修建起这座清静庵。

清静庵修建后，香火一直很旺盛。普顺当时在闵行是很得人心的，她陆续收了三四个徒弟。其中有一个十多岁的小尼站，叫满庭。普顺怎么会收满庭做徒弟呢，这里面还有一段故事。

满庭原来是原上海县塘湾村一个农民的女儿，她一出世，大家都讲她很漂亮，漂亮得满庭生辉，所以起名叫满庭。满庭一天天长大，越长越漂亮，人又聪明能干。当时，闵行有一家姓范的人家看中了满庭，觉得她漂亮、能干，就要满庭做他儿子的养媳妇，这样，满庭就住到范家去了。

有天夜里，她从里屋门缝看到范家一伙人，抢了许多金银财物，不是藏在箱子里，就是埋在床下头的地洞里。有时还听到那伙人讲：要去抢那家的财物，怎样去杀人等。满庭听到这些事情，吓也吓死，就跑回自己娘家去了。回到娘家，对自己的妈妈讲："妈，范家人原来是土匪，又是抢钱，又是杀人，我不愿意嫁给他。"满庭娘听了讲："这怎么办呢？只好退婚，另外嫁人。"范家人晓得满庭要退婚另外嫁人，就大发雷霆，对满庭又是骂来又是打，讲："你是我的养媳妇，你要退婚，把我的台也坍光了，我就把你一家门杀光。"满庭听了以后，就逃了，结果逃到清静庵里，请求普顺保佑。

范家人晓得满庭逃到清静庵里，也跟着追到清静庵里，口口声声要捉满庭，把整个清静庵里尼姑都吓呆了，普顺只是不停地手敲木鱼，嘴里不断念着："阿弥陀佛，阿弥陀佛……"满庭心想：我情愿当尼姑，也不嫁。就拜普顺为师，削发当尼姑了。

在满庭32岁时，普顺另一个徒弟蒋氏是51岁。这时，浙江省平湖一个船户人家，到闵行来落户，因生活困难，把一个7岁的小女孩送到清静庵里给满庭做养女，这小女孩叫吴纪庆。蒋氏看到吴纪庆蛮苦，就帮着满庭一道来抚养她。

闵行将解放的时候，范家就被镇压，吴纪庆就到满庭娘家去种田。这时满庭已经拖了一身病，得了肝癌。到1960年，她51岁时死了。由于满庭与普顺都是童贞尼姑，大家就把她两人合葬在普安公墓。

母子泾

从前，闵行老街有一条河，叫母子泾。这条河为啥叫母子泾呢？这里有一个悲惨的故事。

相传，当年闵行镇上有一个美貌的女子，十六岁出嫁在外乡，十七岁就死了老公，只留下一根独苗。母子俩相依为命，苦度光阴。后来突发战乱，母亲抱着吃奶的儿子，一路逃难，想回闵行老家。半路上她实在走不动了，刚坐下歇歇脚，不料追兵杀来，她随着逃难的人流奔跑。跑着，跑着，突然发觉怀里未满周岁的儿子不见了，她顿时像发了疯，一面哭喊一面寻找，一直找了三天三夜，只见沿路尸横遍野，就是不见儿子的踪影，她心想儿子一定被敌兵杀死了，从此以后，她整天哭哭啼啼、痴痴呆呆地思念儿子。

十八年后，她已是三十四五岁了，还是孤零零一人，住在闵行一条河边，开荒度日。这一年，连日暴雨成灾。一天清晨，她刚开门，忽见一人跌倒在门前，雨水已把他浑身浇透。她急忙把他扶到家中，揩去他满脸泥水。原来那人是一个路过这里的小长工。她见他满脸病容，便留他住下养病。一个多月后，在她的精心照料下，小长工病体康复。为感激她的大恩，他就留下来帮助她耕田种粮，修屋砍柴。她见小长工是个好帮手，人又勤劳，就对他产生爱慕之心，不久他俩喜结良缘，成为恩爱夫妻。结婚三天后，丈夫就出远门做长工去了。

冬去秋来，转眼已进入夏季。一天，丈夫回到家中，妻子见他汗流浃衣，忙烧水让他汰浴。洗澡时，妻子发现他背后有一小块黑记，大吃一惊。她仔细盘问后，才知道她丈夫原来竟是当年战乱中失散的儿子。儿子除了背后的“黑记”外，身上还有一根银链，那是母亲在他出生后亲手将祖传的银链套在他腿上的。原来儿子失散后，被一个老阿婆拣去抚养。他十岁时，老阿婆死了，只得四处流浪。他虽然过着乞讨的日子，却不肯将银链卖掉。因为老阿婆临死时说过，凭着这银链条可以找到亲生母亲。可他万万没想到他的妻子竟是他的母亲。

母子相见，母亲羞愧万分，操起剪刀就向自己咽喉刺去。儿子急忙夺过剪刀，恳求说：“要死让孩儿去死吧，我犯了欺母之罪，罪该万死。”

母子俩正啼哭时，母亲忽然感到腹中一阵躁动。原来她已十月怀胎，就要生产了。母亲让儿子扶她到猪棚去。儿子不知何故，忙问原因。母亲说：“我做的事连畜生都不如，现在要生小囡，只能到猪猡棚里去。”

儿子把母亲扶进猪棚后，见母亲关上门，不肯让他进去，怕母亲无人照料，就求母亲开门。母亲痛苦地说：“过去的事，都怪我们不知才犯了罪。现在既然晓得是母子，就要按风俗办事。”小囡生下来就断气死了。

母亲穿好衣服从猪棚出来，头也不回就向门外走去。儿子问她去做啥？她一声不吭，踉踉跄跄走到河边。她见儿子追上来，哭着说：“我活在世上没面孔见人，只有一死。”这时儿子双膝跪下，向母亲拜了三拜说：“一切母之罪应由孩儿承担，现在我感谢母亲的养育之恩。”说完，他磕了三个头，爬起来就跳了河。母亲悲怆地喊了一声儿子，也跳河自尽了。从此，这条无名河被闵行人称作“母子泾”，关于它的传说也一直流传到今天。

链 接

闵行老街

闵行老街以南北大街为主，横沥西有前东街、后东街、老西街、西新街、外滩街（浦江路）等，横沥东有河东街等。21世纪初，闵行老街因为旧区改造而被整体拆除，原址上建起了"浦江花园""星河景苑"等住宅小区。

万幸的是，原在北街上，有两幢相连为一体的西洋小楼，人称"项家宅院"，却被保留了下来。

"项家宅院"位于新闵路481弄（星河景苑）29号西侧，原闵行老街南北大街94号。2014年进行全面修缮，整修如旧。2015年，作为"闵行老街展览馆"开始面对公众开放，为参观者讲述着老街的故事。

1946年闵行南大街热闹景象

第二部分　村野问俗

治牙痛的香螺丝

本地区流传着一句谚语："牙齿痛，明心寺里㧓一㧓；随手拾只香螺丝，赛过郎中捉牙虫。"这句谚语，也有着一段有趣的传说。

相传明心寺有一个很有德行的长老坐化以后，小和尚们遵照遗嘱，把他的遗体安放在一只荷花缸里，然后把缸搬到正殿门前，上面又盖上一只相同的荷花缸，人们称它为"合缸柩"。为了永远纪念这位长老，于是在"合缸柩"上砌起了一只呈正方形的金字塔轮藏，高为4米。

天长日久，在轮藏四周的地上就变得潮湿起来，慢慢生出许多又尖又细的长螺丝。有一天，一个守护"合缸柩"的小和尚忽然牙痛发作，非常难受，而身边又一时找不到能剔牙齿的尖物，于是，他顺手捡起一只螺丝去挖发痛的牙齿。说也奇怪，他刚挖了两下，只觉满口喷香，牙齿也一点不痛了。于是他把这个奇怪的现象去告诉大家。众和尚听了半信半疑，为了试试这个小和尚讲的是否属实，每人都去捡了一只细螺丝挖牙齿，果然又香又舒服。这下，消息就传开了，许多苦于牙痛的病人从很远的地方跑来取螺丝。特别是每逢三月廿八北桥赶集之日，"合缸柩"前取螺丝的人足足排了半里路长的队伍，而那些香螺丝也随取随生，好像永远取不完似的。1956年轮藏拆除，香螺丝也就消失。

"看廿八" 的来历

　　每年农历三月廿八，是北桥镇传统的庙会节场。这是北桥地区乡民人人皆知的。但为什么要选在三月廿八作为庙会节，这却不一定人人皆知。关于这个，有两种说法：

　　一说是：在商朝，姜子牙封黄飞虎为东岳之神，后称东岳圣帝，北桥最早有一座烈士庙，庙内安置着东岳圣帝像。每年三月廿八，是祀东岳圣帝的纪念日，以此成了北桥镇庙会节场。

　　二说是：在唐朝时，明心寺中有一个老和尚叫化元司，不守清规戒律，利用地下隧道，装上翻板机关，当有孤单青年妇女和漂亮姑娘前来烧香求神叩头时，翻板一放，使她们掉进了隧道，就此进行侮辱。时间一长，周围老百姓得知这一歹作，十分气怒，秘密组织了一帮人，揪出了这个化元司老和尚，当众烧死，然后烧毁了明心寺，这天正巧是农历三月廿八。从此，老百姓为了庆祝这个举动，每到三月廿八，老百姓纷纷前来赶集，北桥"三月廿八"庙会的由来，也是明心寺由盛到衰的见证日。从此每年农历三月廿八，成了北桥镇的节场。

天香楼的西湖醋鱼

　　七宝有个天香楼，这家菜馆有个名菜叫西湖醋鱼。凡品过鱼的，个个叫好，个个夸赞，真是味留舌底香六月，看在眼里想半年。奇怪的是这天香楼在上海、杭州和香港共有三家，又是同一老板所开。一个老板怎么开三家天香楼呢？这里头有名堂。

　　很早以前，杭州有家小饭馆，赚头虽不大，名气却很响。原因是老板是个好心人，叫做"只管吃得称心，给你凭良心"。这老板对待伙计又视同亲生，他是"有生意管得严，无生意敬如宾"。因为这个缘故，即使生意清淡，赚头少，也没有一个人想离开。真是千金难买心中愿，万钱何换好名声！

　　老板年过七旬，不久便谢世归阴。他临死时留下遗嘱，把店铺交给了准女婿孟银泰，并嘱咐一定要继承他的店风。

　　孟银泰祖籍绍兴，他掌业后不仅荣继店风，发扬传统，放宽店面，把生意做大，而且亲自琢磨菜肴烹制，从选料到上墩，从配佐料到掌勺，一样也不放过，因而赢得了好名声。

　　一天，他为一位食客炒好菜，亲自端送上来。刚把菜放到桌上，一眼见到从大门口走进一位天仙般标致的女郎。她一坐下，便点了一桌丰盛的菜肴，还指名要老板亲手做。孟银泰不敢怠慢，立即撰好菜单，赶到厨房动起手来。不一会儿工夫一桌菜肴如数送齐。女郎夹起筷子，在各盆菜中夹一点,品尝一下,然后写了一张纸条,递到孟银泰手中,随即飘然离去。

孟银泰目送女郎走后,打开纸条一看,只见上面写这两句话:"若要今日之菜金,请老板亲自到西湖街三号来取。"

第二天中午时分,孟银泰携了纸条,寻到了西湖街三号。出来开门的是一个丫鬟,连忙招呼孟银泰进去。不一会儿,丫鬟托出一个盘子。盘里有三样东西:一杯酒、一双筷、一盆鱼,随手又留一张小纸条,便进去了。孟银泰拿起纸条一看,写的又是两句话:"这盆醋鱼好吃,你我之账可了。"

孟银泰看了后,不觉有些生气。心想:她吃了我一桌筵席,总值几十元,竟想用这一盆鱼抵债?这不存心讹人吗?他一下站了起来,想冲进去找那女郎评理,不由却又沉下气,竟坐下来咪起酒、吃起鱼来。原来这盆鱼把他给吸引住了。孟银泰是个细心人,心想女郎这样做,莫非内中有什么道理?于是他一边看,一边琢磨起来。此时的鱼香味也是直钻他的鼻孔,挑动了他的食欲。他低头细看,发现这鱼也确实与众不同,那"芡儿薄薄如琉璃,鱼儿栩栩同鲜活,香味芬芳满房溢,佐料点缀似画美"。孟银泰入厨以来,还从没品尝过如此色香味三全之鱼。一见爱物,他把讨债之事也就甩到了脑后。

孟银泰边吃边细细琢磨这鱼的烹调方法。常言说得好:"烧不来菜的吃味道,烧的来菜的吃道道"。孟银泰把一盆鱼全部吃完,欢喜得不知如何是好。他告辞一声,回转店门,立即仿烧起醋鱼来。这鱼一上桌,也颇得食客们赞赏。一传十,十传百,慕名而来者日益增多,他便把这道菜定名为"西湖醋鱼"。不久,孟银泰与小姐完婚,于是把店面改成了"天香楼"，以此作为新婚纪念。

　　就在大喜之日，有个不速之客闯入了店堂，孟银泰抬头一看，来的不是别人，正是昔日的那位女郎。他想，自己能有今日，全靠了这位女郎的暗中指点。于是他盛情邀请她入席坐主位。女郎并不推辞，但提出了两个要求：一是单独一桌，而且不要别的菜，单要西湖醋鱼一味。孟银泰一口答应，并亲手做了奉送到桌上。女郎尝了一会儿，对孟银泰笑了一笑，又随手写了一张纸条，递给孟银泰后便出了店堂。孟银泰送走女郎，展开纸条一看，又是两句话："此鱼徒有虚名欠功夫，要取真经请到上海黄河路。"不同的是，这次她留下了芳名——"陈慧英"三个字。

　　孟银泰明知自己那鱼的烧法是吃出来的，并非真师传授，要办好店，这趟非去不可。他挨到蜜月过后，便以假装进货为名，瞒着娘子私奔上海去了。

　　这陈慧英是何等样人？原来她是苏州人，芳龄二十二，祖传大菜师傅，且富有钱财，可到了她这一代，只是金盆里的牡丹——独枝。故虽学得满身技艺，单一个姑娘如何撑得起门面？为此，她要找个有才德、有胆识的人做丈夫，把自己这份技艺奉献出来，共同振兴祖传事业。所以，她从苏州赶到上海，又从上海赶到杭州，一路上，她耳闻了孟银泰的许多美好传闻，于是亲自去试了一试，果是名不虚传，贪艺不贪财，由此暗中种下了许身的种子。心里不快的是，孟银泰已娶了老板女儿为妻，心想如果自己再许身，也只能做妾了。她反复思考后下了决心，"天下难觅一知音"，便离别杭州到了上海，在黄河路上觅得一个好路段，新开张一家酒店，有心让孟银泰把店面做得更大。

　　孟银泰全然不知这些，他风尘仆仆到上海找到黄河路，一看不禁大吃一惊，原来在这儿也开了一家同名同姓的天香楼，他见了三分清楚七分糊涂。正在这时，陈慧英已笑吟吟地站在门口迎接他，两人没说话，一同进了陈慧英的闺房。坐定后，陈慧英开口道："孟先生。刚才你也看到了，我既不是盗用尊名，也不是冒充宝号，到底为什么？不说你也清楚。我不求你什么，只要你理解我的一片苦心。"

孟银泰怎会不懂此意？她几次指点，又愿以身相许，并甘愿做小，这是为了什么？孟银泰感动得双膝一曲，跪了下来说道："陈小姐，我若一日负你，天打雷劈！"

陈慧英双手把他扶起。接着双双来到厨房，陈慧英原原本本地说出了这菜的烹制秘诀。原来这西湖醋鱼的烧法是："一要选正宗青草，一斤半大小，活的最好；二要刀工细巧，片得瓦楞头片大小一致；三要拿掉牙龈除腥，四要水滚开时下锅，以牙须硬翘即捞取；五要勾琉璃黄，做到晶莹明亮；六要把葱姜等浇料陪得奇巧。"孟银泰听着讲解，看着烹制，一会儿工夫，一条鱼烧出锅，他看一看，闻一闻，用筷夹一块尝尝味道，感觉与西湖街三号吃到的一模一样，的确比自己的烹饪功夫深。

孟银泰与陈慧英在上海成了亲，两人各主持一家天香楼。过了数年，为了把生意做得更大，陈慧英便叫孟银泰再娶一房，把店开到了香港，店名也叫天香楼。从此，孟银泰在三个地方有三个老婆各主持一家天香楼，但主菜仍都是西湖醋鱼。后来，上海的天香楼搬到了七宝，虽地处偏僻，多少年来一直保持这独有的特色。

八仙桌

八仙桌呈正方形，边长98厘米，一桌可坐8个人。这样的八仙桌几乎家家有，有的还不止一张。每当有人家婚丧喜庆宴请宾客时，往往会向宅头邻舍去借八仙桌。那么，人们为何把这方桌叫作"八仙桌"呢？那还真有与铁拐李、汉钟离、张果老、何仙姑、吕洞宾、韩湘子、蓝采和和曹国舅等"八仙"有关的两个大同小异的传说呢。

以前，人们请客吃饭还没有桌子。吃饭时只能用木头或石板摆在场上露天吃。大热天，晒得满头大汗；落雨天，淋得周身湿透。一天，有家人家讨媳妇。中午请客吃饭时，太阳像个火球，蹲在外面地上吃饭的人个个晒得满头大汗，但刚摆了两轮流水席，天却又下起雨来，人们被雨淋得吃不成。一会儿，来了男男女女八个人，自称是东家的远房亲戚来喝酒贺喜。他们见地上的饭菜被雨淋得吃不成，亲戚们也被淋得如同落汤鸡，便问主人家，为何不把酒席摆在屋里。远房"亲戚"问明缘由后，决定为好客的主人家创造个办酒的好环境，让亲戚们能在屋里舒舒服服地吃。于是吩咐主人把饭菜撤进灶间，又让亲戚们去换掉淋湿的衣服，暂时不要到客堂间里来。

亲戚们换好衣服，来到客堂间时，只见"远房亲戚"早在堂屋摆上了一张张方形木桌，配上了长凳。主人边招呼大家就座吃饭，边说："我的天哪，今天我真是遇到了神仙哪……"可没等酒菜上齐，"远房亲戚"

却不见了踪影。原来这几位"亲戚"就是张果老、铁拐李、汉钟离等八位仙人。人们为了纪念八仙的功德，就称这种方桌叫做"八仙桌"。

再有一个传说，是有年玉皇大帝请八仙游览天宫。八仙结伙从东海出发，一路跋山涉水，不日来到九龙山。据传，太上老君的道童与嫦娥的侍女玉姑相好，触犯天条，被玉皇双双贬下凡间，道童变成九龙山，玉姑贬为了夹湖。八仙看这里风景如画，色美如仙界，十分高兴，他们看到山下有家酒店，便想去喝个痛快。大家进得店堂，见里面只有长台，铁拐李便提出要用方桌。堂倌只好去找来一张，八仙才纷纷落座。吕洞宾怀里一摸，掏出8只酒杯，铁拐李解下背上的药葫芦，倒上美酒……就着道童玉姑的遭遇，纷纷诉说各自由凡人修成正果的经历，感慨万千，体会人生，神仙最好……不觉三个时辰过去了，为不耽误赶路，便各自作法飞升而去，看得堂倌、老板、食客，个个目瞪口呆，方知这八人全是神仙。

从此，这家酒店里把长桌统统换成一张张方桌，并且称作"八仙桌"。不久，这八仙桌走进了江南地区的寻常百姓家，连得那种比八仙桌要小一大圈的麻将桌，也沾上了仙气，美其名曰："四仙桌。"

八仙围绕着方桌就座，把酒言欢　施瑞康绘图

媒人只为一张嘴

老早，男女结亲必须要有"媒人"，这是一种传统。而有些人以为，那些帮人家牵线搭桥做大媒的人，无非是贪吃人家的几顿"酒水"。那么，做媒人只为了一张嘴，这种说法从何而来？

从前，上海浦东有个大张家宅。这个宅基上有个人叫张三，张家宅隔壁有个李家村，村里有个人叫李四，张三和李四是朋友。有一日，张三家里死了老太太，可是没钞票开丧请吃"豆腐皮"，就去寻老朋友李四商量，借三千个铜钿救救急。当时，李四看老朋友求帮助，自然一口答应，不过怕日后有变，提出要张三拿二亩田的方单（地契）押在自家手里。双方约好，日后张三一手还钱，一手拿回方单。张三想想也对，人应该要讲信用，就答应了。

一年过去了，两年过去了。转眼，过去了好几年，张三只字不提还钱给李四讨回方单，李四也不来讨钱还方单。

张三看见东村陆婶婶的大女儿生得蛮漂亮，年龄也与李四的儿子正好相配，就热心地为两家人家穿针引线做媒。双方蛮称心，又请"铁嘴"瞎眼"一口准"，把双方儿女的"八字"进行了"评排"，结果是"帖对"绝配。陆家、李家两家老祖宗十分满意，都对张三的"成人之美"千恩万谢。

不久，两家人家看好皇历，选定好"黄道吉日"，准备办喜事了。

正月初四是李家儿子大喜的隔夜。这隔夜的酒宴叫"下预告"，李四家除了请族里亲人吃"预告夜饭"外，特别邀男家媒人张三吃"待媒酒"。酒席上媒人是正角色，因此张三坐的是东北角的大椅。

李四亲自给张三筛酒。张三慢慢地吃肉，笃悠悠咪酒，说："老哥啊！我忒侬做媒人么，只不过是为张嘴！"酒过三巡，张三又对李四说："是老弟兄哉！勿要客气，勿要客气，我做媒人么，不过是为张嘴！"张三一直吃到半夜里。客人早已散尽，可张三还在笃悠悠地咪，慢慢地嚼。有人讲伊酒量好，他咂咂嘴巴又讲："我做媒人么，就只不过为张嘴哟！"看来这顿酒，一时半会还勿会停。

开头伊讲"为张嘴"，人家认为他是客气。现在横一遍讲，竖一遍讲，是啥道理呢？李大去问李四："兄弟，侬到底有啥个事体哇？"李四说："伲从小是要好弟兄，别个事体没，只不过前年张三屋里开丧事，问我借过三千个铜钿，伊有张方单押拉我此地。几年来，他不来还，我也不讨。难道迪个里有啥花头经？"李大一拍大腿，说："对了，肯定是伊替伲做媒人吃喜酒，不是为张嘴，而是为那张方单纸。"（上海话中"嘴"和"纸"发音差不多）

李四一下明白了，明朝是儿子好日，亲眷朋友老早邀好，现在万万不能得罪媒人。于是，李四忙去拿来那张方单，暗地里朝张三手里一塞。张三接过一看，忙朝袋里一园，笑着说："老哥啊，实在难为情。我做媒人么，就，就为迪张纸（嘴）呀！"说完，又夹起一块肉塞进嘴巴。旁人看了，只当是张三贪嘴巴。张三呢，一口喝完杯里的酒，站起身来，撸撸嘴巴，打着饱嗝，一步三摇地回家去了。

"九斤黄"和"黑十二"

"浦东鸡"又名"九斤黄"和"黑十二"，要说这名字的来历，还有个有趣的故事。据说当年某村上有户人家有只残破的石臼扔在门前。有一天，一个陌生人找到了这户人家，出二十两银子想买下他门口的石臼，房主暗自认定是个宝贝，决定不卖。那人走后，房主觉得那么值钱的东西不能再放在门外，就把石臼里的积水倒干净，抬进门放在门角边。

第二年春天，房主老婆要孵小鸡，一时间没找到能暖窝的东西，她就在破石臼里铺上点草絮，放上蛋，孵起小鸡来了。20多天过去了，小鸡出了个满窝，十黄十黑。一日，天上突然划过一道闪电，接着是轰隆一阵雷响，20只鸡顿时只只跌倒，两脚笔挺，不动了。房主老婆呆了大半天才哭出声来。她舍不得把小鸡埋掉，就把石臼滚到门外盖好这些小鸡。谁知道石臼里传出了叽叽叽的鸡叫声。她连忙掀开石臼，却见20只鸡一动不动横倒着，只好再把石臼合上，奇怪的是这鸡叫声又来了。如此几次，她也就不管了，只用一块砖头垫起石臼，顺手撒了把米。

第二天一早，房主夫妇出门，听到小鸡的叫声，急忙过去把石臼掀开，只见黑黄一窝鸡，只只伸长头颈在咯咯地啼叫。夫妻俩那个开心，拎起黄鸡和黑鸡称一称，黄的只只重九斤，黑的个个有十二斤。从此"九斤黄""黑十二"就在民间流传开来。

"打春牛"的由来

在解放前，原上海县农村每年"立春"这一天，农家都有"打春牛"的习俗。一般以四人抬泥塑春牛，由当地有声望的人执鞭，有规劝农事、策励春耕的含义，也是喜庆新春、聚会联欢的形式。那么这一习俗又是怎么来的呢？

据说隋朝年间，二皇子杨广借进宫问病之机，逼死了老皇帝隋文帝，篡夺了其兄杨勇的王位，当上了皇帝。杨广篡位后不理朝政，昏庸无道，整天花天酒地。他为了下扬州观百花，特命大将韩擒虎限期开凿运河。不知花了多少银两，害死了多少百姓，才把运河开通。

运河开通以后，杨广特意命工匠造了一艘大龙舟，可容千人乘坐，在百花开放的春天，下扬州去观赏百花。他还挑选了绝色美女八百人在龙舟上歌舞饮酒。玩兴既尽，昏君又想出另一个作乐的办法，命令八百美女脱去衣裙去为他拉龙舟，他身佩宝剑站在龙舟舱口观看寻乐。当美女们正用力拉纤时，杨广抽出佩剑猛把纤绳砍断。可怜八百美女纷纷跌倒在地，哭叫之声不绝于耳，有的扭崴了脚，有的碰破了头，有的当场昏死过去，而杨广却在船舱里哈哈大笑，举杯饮酒。

此时，只见天色突变，一阵狂风吹得人难睁双眼。杨广想入舱内躲藏，忽见天上降下一条五花棒，朝杨广身上一阵痛打，不多久，就把杨广打死在龙舟舱口。等狂风吹过，太监们上前来扶杨广，杨广却变成了一条

玉帝天兵天将痛打杨广，变为春牛 施瑞康绘图

春牛。杨广为何会变成牛的呢？原来是八百美女的怨气冲上凌霄殿，使玉皇大帝也受了惊，立即命天兵天将下凡前去查看，天兵天将回奏："已获悉此事，系杨广寻欢作乐，使众多美女无辜死于非命所致。"玉帝闻奏大怒，命天兵天将用五花棒痛打杨广，使他变成一条春牛。

从此，每逢立春这天，各地农家都会痛打春牛，使它不敢再贪玩享乐，能辛勤为农家耕好田、种好庄稼，同时也寓意对杨广横行无道的惩罚。

天上落米粉

很久很久以前，有一年的年夜饭，玉皇大帝晓得凡间老百姓过年做团圆糕的米粉还没有着落，就勒令众神仙普施米粉，让老百姓安安逸逸过个年。

腊月廿三这一天，天上落下了一场大雪。叫人吃惊的是，雪花沾在人身上，手摸上去不冷，捏上去不烊，仔细一看，原来是米粉。老百姓欢天喜地，全拿了扫帚簸箕，来扫米粉。不要看老百姓人穷，心却不贪，大家只扫自己田里和屋上的，个个心满意足，准备过个团圆年。

而那些财主不同了，他们房子多，田地也多，落下来的米粉自然就多，扫在一起堆成了山。仓库里填满了，就堆在客堂里、灶间里、睡房里。但财主还是贪心不足，仍在拼命地叫人扫啊！这些场面，灶君老爷全看在眼里，记在心里。第二天，正是腊月廿四，灶君老爷按规矩回天庭去了，他在玉帝面前一本直奏，说："天赐米粉，只是好了财主人家。"玉帝一听，忙下令叫众神仙作法，让财主家的米粉一时三刻化成水。

如此一来，财主家里里外外，都被米粉化成的水淹没了。而穷人有了米粉，开开心心地过了年，一直吃到正月半。不过，因为财主人家太贪心，惹毛了玉帝，他就此再也不肯下令落米粉了。

八月中秋看月花

每逢八月中秋夜里，浦东人喜欢聚在一起，一面吃甜芦粟，一面望月亮，说是要看月亮开花。这种风俗是那能来的呢？

相传，有年中秋夜，有个姑娘织布织得腰酸背痛，就到庭心里吸口气吃根芦粟。她吃着吃着，眼前突然有股五颜六色的光在一闪一闪，抬头一望，见月亮四周有光环，像一朵开放的五彩花，非常好看。

姑娘重新坐到织布机旁，想：月亮开花好看，假使织出这种颜色的布来，定能卖个好价钿。姑娘用五色纱线，认认真真织了起来。第二天上镇，果然卖了好价钿，人人称她织的是"月花布"。

消息一传来，村上的姑娘婶婶非常开心。到了第二年中秋夜，大家都抬头等着看月亮开花。可是等到天明，也不见它开花。但大家心不死，今年看不着，明年再看，尽管年年看不着，但一代一代传了下来。

"打田发"的由来

"打田发"也叫"打莲发""打莲湘",它与跳财神、调龙灯、荡湖船等民间表演形式一起,被称为江南民间迎新春"四样景"。

打田发表演简单,表演者手持串有铁片或铜片的"莲发槌",上下左右不停地抛接,表演的动作有"太平榔头""打老虎""卜卜跳""扑蜻蜓"等。另有一人则手执小锣,边敲边唱"莲花调"。敲锣节律的缓急随表演者动作的快慢而变化。莲花调轻快活泼,韵味十足,富有浓郁的乡土气息。

传说这种表演形式起源于宋朝。一次,刘郡王之妻张氏在训子时,不慎失手将儿子打出血来,张氏怕刘郡王回府后要责怪于她,竟不辞而去。刘郡王回来知道情况后,十分着急,便派人扮作货郎模样,拿着槌和锣四处走乡串庄沿街演唱,以此吸引民妇前来观看,从中寻访妻子归来。

以后,那些逃荒要饭的农民就沿用这种形式沿街乞讨,"打田发"因此广为流传。

链 接

打莲湘

打莲湘,是一种传统民俗舞蹈。莲湘用一米长的细竹筒做成,每

节部分雕空、嵌以铁钱。打莲湘可由一人手拍竹板为唱，三四人手摇莲湘和之。莲湘系由一根约长三尺、比拇指粗的竹竿，两端镂成三个圆孔，每一孔中各串数个铜钱，涂以彩漆，两端饰花穗彩绸，亦称"竹签""花棍"。

　　舞时可由数人、数十人乃至上百人参加。表演时，男女青年各持莲湘做各种舞蹈动作，从头打到脚，从前打到后，边打边唱，人数不拘，唱词多据民间唱本，也可现场编唱，亦可男女双人对打，形成舞、打、跳、跃的连续动作。行进时，可打出前进、停留、蹲下等多种步法。上海著名滑稽戏老艺术家笑嘻嘻的拿手绝活之一便是打莲湘。敲击肩、背、脚、头、臂、腰、腿，变换快慢节奏，发出清脆的响声，处处充盈着飞舞之美，呈现出轻松活泼的风格，被称为"民间舞的瑰宝"。

"打莲湘"一度盛行于上海郊区，现在闵行一些街道（如颛桥镇）还开设了相关培训。2009年，上海市金山区廊下镇的"打莲湘"则被列入第二批上海市市级非物质文化遗产名录。

"扛三姑娘"的传说

正月十五元宵之夜江南水乡的妇女有"扛三姑娘"的传统习俗。

"三姑娘",又云"紫姑",据《清嘉录》记载:"望夕迎紫姑,俗称接坑三姑娘,问终岁之休咎。"仪式由三位妇女(最好是未婚女子)执行,一人提着灯笼,两人抬着一只盛着草灰、用深色布片蒙好、插着一枚骨针的竹编簸箕到厕所、粪坑(所以这位"三姑娘"又称"坑三姑娘")或大门角落里去请"三姑娘",也有在灰堆旁边相迎的,则叫作"灰姑娘"。"请"或"扛"的仪式完毕,"三姑娘"光临过了,就将簸箕抬到明处掀开蒙着的布片察看草灰上面骨针画出的几何图案或有点像文字的线条,以卜吉凶。

传说三姑娘就是玉皇大帝的第三个女儿,人称三公主。她在天上厌烦了神仙生活,一心想去人间。有一天,她偷偷下凡,来到世上,投寄在一个孤老太太家里。三姑娘心灵手巧,会织锦,会绣花,会写字,会弹琴,样样都会。因此,姑娘们有什么不懂的,不会的,来问三姑娘,三姑娘总是耐心教她们。后来,玉帝得知三姑娘私奔人间,大发雷霆,就派天兵天将前来捉三姑娘。三姑娘被逼只得挥泪离开人间。姑娘们闻讯都赶来送行,大家依依惜别,恋恋不舍。

三姑娘临别时说:"姐妹们,今后你们有什么疑难事,请在正月十五晚上,在簸箕里撒上米,插上棍子,两个手巧的姑娘抬着簸箕别让棍子倒

心灵手巧的"三姑娘" 施瑞康绘图

下，到时候，你们叫上三声三姑娘，我就会来。"三姑娘说完，驾起祥云上天去了。

第二年正月十五，大家照三姑娘所说的去做，端来簸箕撒上一些米，用簸箕插着棍子，连叫几声三姑娘，并提出问题，果然三姑娘为她们写下了许多话。

据说浦东姑娘擅长刺绣也是"三姑娘"教的。

秋　社

　　相传三国以后，一年夏末秋初时节，东吴某地突然飞来大群蝗虫，即刻吃掉大片稻棉青苗，眼看灾情势将蔓延，忽然大风骤起，尘土迷漫，人们遥见已故北地王刘谌（刘备之孙）显现于空中，他挥动锦旗，蝗虫立驱。由此，为纪念刘谌护苗之功，并求年年青苗茂盛，五谷丰盛，附近农村便逢秋做社。由村民自集资金，用芦连、油布等材料在场边屋旁搭起简易的敞篷，从附近庙宇内抬来北地王木偶像（又称猛将），端放于敞篷内，供以水果、糕点、菜肴，以为祭献。同时还把城隍、金龙大王（龙王）、靖江王（施相公）和关帝老爷等神像也一起抬来祭供，并请太保酬神祝献，诵念一通。人们焚香跪拜，祈求神灵福佑。凡参与做社的，每户一人会餐一天，事毕结账，此乃乡民于辛苦之暇自庆自乐之举。

三林崩瓜

西瓜，很早就从西域传入上海。据清同治《上海县志》记载：沪郊西瓜，以三林塘的"雪瓤西瓜"为最。味甘、质脆、汁多，很对市民胃口。但此瓜不易培养，再加上瓜贱伤民的缘故，瓜农没有心思去种上等品种，使这一名贵品种逐渐退化直至绝迹。

后来，有个种瓜的老头，培植出了一种叫作"崩瓜"的西瓜，这种瓜红瓤，薄皮，甘甜，脆嫩，又名"雷震瓜"。说起来还有一段感人的故事。

种瓜老头想到"雪瓤瓜"的断种，心里很难过，终日闷闷不乐，茶不饮，饭不吃，闷头睡觉。昏睡了三日三夜，做了一梦，梦见一个白须老人在吃瓜。那瓜的样子，粗不过碗口，长不过一筷，吃瓜不用牙，只要用嘴唇吸。种瓜老头上前请教此为何种西瓜？白须老人不开口，只是用手朝西指了指。这一指，却把老头的美梦给指醒了。老头细细回忆梦中情景，立即整顿行装，穿起草鞋，离家往西而去。走呀走，前面黄浦江挡住了去路，他望着白浪滔滔的黄浦江发愣，却无法过江。这样，又过了三天三夜，黄浦江里飘来一艘货船，经过老头苦苦央求，船主才允许他上船摆渡。老头上船后，风浪骤然增大，货船像在荡秋千，眼看有翻船的危险。船主认为是老头带来的灾祸，硬把他拉出船舱推下江去。老头在水中挣扎了一阵，顺着风浪漂呀漂的，又漂回了浦东滩。他虽快咽气，但双手却牢牢地捧着一只西瓜，筷子那么长，碗口那么粗。

黄昏时候，有个渔民路过江滩，看到老头便俯身摸摸他胸口，发觉胸口还热，就背着他沿江跑了起来。不多辰光，老头"啊"的一声，吐出一摊江水，渔民忙扶他躺在地上。老头醒过来，看到手中的瓜，与梦中所见一模一样，顿觉欣喜万分。两人正谈起觅瓜的事，"轰"，天空一个响雷，把老头手里的瓜震得粉碎。老头连忙寻找瓜子，黑黑的江边，好不容易从泥土中找着了三粒瓜子。

后来，老头就用这三粒瓜子精心培植、留传，才有了今天的三林塘"崩瓜"。

链 接

三林

三林，别称"筠溪"。自元代置上海县后，遂属之。

宋为三林里。明洪武六年（1373）设三林庄巡检司，建文年间，范家浜开浚，汇成黄浦江，三林庄渐繁荣成镇。

1992年撤销上海县属闵行区。1993年划归浦东新区。

"拜斗"风俗的由来

旧时，在江南民间，特别是在农村有"拜斗"的习俗。这"拜斗"的起源还有一个故事哩。

传说很久很久以前，一个叫赵寅的十九岁小伙子，一天正在自家田里犁地准备种庄稼。忽然间有两个人朝他走过来，并且一直盯着他出奇地望。当他犁到他俩身边时，那两人长长地叹了口气说："小伙子，你还犁啥田，种啥庄稼，你都快要死的人了，还不快回家去过几天舒心日子算了！我们都替你可惜！"赵寅一听就哭着跑回家来。他妈妈见他这副样子，忙问他："你怎么啦？是不是生病不舒服？"赵寅抽抽噎噎地回答说："刚才遇到两个人，说我快要死了，所以我急得哭了。"他妈妈连忙追问他："那你再去问问清楚，要死的话还能活多久，有没有办法补救，你快去求求他们救你一命啊！"

当赵寅再回到田头时，那两个人还在那里，他便拉住他们请教，自己什么时候死，还有没有挽救的办法？两位陌生人见他如此可怜，就告诉他："就在这个月里死，办法只有一个，但不知道你有没有这个运气了。不知你家里有没有羊，要是没有，就买一只羊，把它杀了以后，把四只羊腿留下。你拿了羊腿去东南方的第一神山，在那儿长有一棵大树，大树底下你能见到有两个人正在下棋，他们中的一个穿了一件红衣裳，另一个穿了一件绿衣裳。你把羊腿放在他们旁边，当他们闻到羊肉味以后，你就送给他们，但千万不要直接送给他们。倘若他们收下的话，你就再开口求他们帮忙，你若有造化的话，那就或许有救。"

赵寅赶忙回家，照他们的话杀了一只羊，带着四只羊腿就匆忙上路了。尽管他也不知道这第一神山在哪里，但他照叮嘱的话往东南方向走去。走着走着，终于看到前面有一座高得几乎与天相接在一起的山，在山脚下果然有一棵参天大树，树下有穿着一红一绿衣服的两位老人在下棋。他就把羊腿送了过去。那两位老人问他："你怎么到这里来送羊腿的？"赵寅立马虔诚地下跪道："我是听了两位神仙的话专程前来求你们的。"

原来这两位鹤发童颜、仙风道骨的老人是南斗星和北斗星。他们掐指头一算就知道这是地仙曹天抗和何得灵所指点的。两位仙人翻开生死簿仔细一看，只见赵寅只能活到十九岁，寿命还有三天期限。于是，南斗星就对他说："年轻人，生死在天，这可没有办法，你只能活到十九岁呀！快回家准备后事去吧！"赵寅一想到死，只得跪着苦苦哀求两位仙家。最后还是北斗星替他想出了办法，他说："有了，你不妨把一十九改成九十九不就成了，反正眼下生死簿在你手里。"就这样，总算挽救了赵寅的性命，还把他的寿命延长了八十年。后来，南、北斗星认为这两位地仙多管闲事，泄露天机，就向玉皇大帝告了一状，两地仙被罚挖去了双眼，成了瞎子，就再也看不到凡间的生死之事了。

然而这件事被赵寅传开去，民间的老百姓便都陆续知道天上的南、北斗星两位星宿能给人增福添寿。于是，在民间就形成了借寿的民俗风情，而"拜斗"就是求拜南、北斗两星宿给自己添寿增岁的习俗，而此风俗习惯也代代相传被沿袭了下来。

赵寅求生 施瑞康绘图

接路头

接"路头"，是上海各地旧时的一大习俗，不仅具有很强的传统意味，而且反映了当时人民群众对美好生活的一种期盼。

所谓"路头"，就是财神菩萨。关于财神，民间都称为"五路财神"，何谓"五路"，一是说嘉靖三十三年（1554），倭寇侵扰苏州一带，民间纷纷组织义军抗敌。其中何五路最为勇敢，是抗倭英雄。他带领义军，奋勇抗敌，最后为保卫家园而英勇战死。人们为纪念这位英雄，就立像供祀，但因何五路系普通百姓，没有功名，按照封建社会的规定，百姓是不能放在正厅里的，故放不进正庙。但此"五路神"似乎与作为财神的"路头五路神"并无直接关联。

再说财神有文财神、武财神，何五路是没有官衔的草民，因此就不能进财神殿，只能偏居一隅，在大门旁边设立路头堂祭祀，所以被称为偏财神。偏财神当然非正财神，就好似现在的警察与协警。然而，百姓包括商家不这么想，认为：文人信奉文财神，武人信奉武财神，我们这些皆非文非武的，供奉这位偏财神反而是正道。后来一些文武官员见大多数人皆信奉路神，也跟着信奉起来。

爆孛娄

　　爆孛娄，北方称糯米花，南方称爆炒米，一种简单加工的小吃食品。旧时仅春节期间食用，起初主要是一种祭品，据说是祭祀"驱蝗之神"刘猛将的。

　　刘猛将是宋朝上海地方人，从小丧母，父亲另娶，受尽后母欺凌，但他仍坚持孝道。后他经仙人指点，得天书一部、宝剑一柄、甲胄一副，旋即应征入伍，随军西征，屡建奇功，羽化后被玉皇大帝封为"驱蝗之

神"，保一国之平安，受百姓之敬重。刘猛将的诞辰是正月十三，这一天猛将堂有重大法事，家家户户祭祀刘猛将。可能百姓们认为蝗虫的天敌就是鸡，而鸡最喜欢吃的东西就是五谷，于是人们以五谷祭祀这位"驱蝗之神"，这一天的风俗活动就是——爆孛娄。

后来又用于占卜，据记载："炒糯谷以卜，俗名孛娄，北人号糯米花。"可见人们以爆孛娄来占卜自己的吉凶祸福。不过，那时没有今天的爆米花机，而是所谓"熬稃"，即把糯米蒸熟晒干，再放入热锅中爆炒，使其膨胀为米花，在炒的过程中米花会发出"膈膊"（即"哔孛"）的响声，故称"爆孛娄"。"孛娄"谐音"卜流"，又有占卜流年休咎之意，故雅称卜流。

牛出棚进棚为啥叫

从前，世界上没有牛。相传有日天上玉皇大帝坐朝，听日游神和夜游神报告讲："凡间人种田，十分苦恼，翻地用人力背，种稻用扁担挑水。"玉皇大帝一听，就想派人下凡来帮助。他连问几声："啥人肯下去！"大家讲："牛去顶合适。"玉帝就对牛讲："凡间日脚好过，吃的是五谷，睏觉有被褥，外加呒得天条管束，自由自在邪气好。"牛不相信，玉帝叫伊到南天门看一看。南天门到处烟雾腾腾，没等牛朝下看清爽，玉帝就朝牛屁股踢了一脚。牛没防备呀，从南天门一直跌到了地上，还跌脱了两个门牙。只因跌得重不过，牛的门牙直到现在还没有长出来。

牛跌到地上，正巧碰着封十二生肖。大家见牛身强力壮，又听说会犁田、推磨，就把伊排在十二生肖的头一位。不想，正在做记录的老鼠掉了枪花，把自家写在牛的前头。这样，牛只好屈居老二。

牛在凡间，日日被拴住鼻头做重生活，吃的是稻草，睏的是地铺。所以伊每当进棚，就哞地叹气一声，每当出棚，又哞一声叫，伊是想让玉帝听得，好早日召它上天。可是玉帝装聋作哑，眼开眼闭。因此，牛进棚出棚，一直在哞哞地叹气。

芦粟救驾

老早辰光，有个皇帝喜欢到江南来，听说先后来了六七趟。

有一年，皇帝又到江南来。当时已经立秋过后，中午的"秋老虎"热得结棍。皇帝走在乡间田头，口苦舌焦，却没水喝。虽说到处有小河浜，但皇帝哪敢吃河浜水？

身边有个小太监出身江南，他看见田里有芦粟，就去拗了几根捧到皇帝跟前。皇帝是北方人，没见过这东西，不会吃。小太监当即将芦粟拗成一节节，剥去芦粟皮，吃给皇帝看。皇帝接过芦粟一吃，感到味道蛮好，又甜又解渴，顿时笑出声来。

农田里厢田岸多，缺口也多。皇帝眼看四周庄稼，不小心一脚踏空在缺口里，差点跌倒，一扭身，损了腰。小太监急忙扶伊坐到田埂，转身又去拗来芦粟，让皇上一边吃芦粟一边休息。皇上一连吃了三根，腰痛顿时减轻了；又吃了三根，竟然能直起腰来了；再吃三根，肚皮发胀，突然一股气升起来，吐出口，只感觉神清气爽。小太监拣根粗芦粟拗掉两头，拨皇帝做根"撑腰棒"。皇帝撑着芦粟，越走越快，一路笑声。这天，正好是中秋节。

第二年中秋节前，皇帝想到去年吃芦粟的事，就派人去拗。中秋之夜，皇帝一边吃着芦粟，一边给文武百官讲起"芦粟救驾"的故事。

皇上吃芦粟，神清气爽　施瑞康绘图

重阳不吃糕，老来无人告

老上海人过重阳节，几乎家家要吃糕，这是为啥呢？小时候听老人们讲，这事有名堂哩！

听说在很久很久以前，有个庄户人家，住在一座高山下。这户当家人是种地的庄稼汉，他手脚勤快，整天起早摸黑忙，收成蛮好，日子过得还不错。这个庄稼汉不是只顾自己的势利鬼，为人忠厚，一副热心肠，谁家缺点啥，碰到啥难处，他总是慷慨相助，甚至从家用中挤一点来接济人家。一天，天快黑了，他从地里歇工回家，路上看见一个卜卦人模样的老先生，因为无处食宿，急得团团转。他上前问清情况，就把他领到自己家，请他一起吃晚饭，饭后又在外厢房里排个铺，安顿他休息。那个过客也不客气，倒头便睡。第二天一清早，过客上路了，临走，他对庄稼汉讲："九月九，侬家里要遭灾。"庄稼汉听了，吓了一跳，说："我没做啥坏事，怎么还要受难呢？"过客讲："天有不测风云，好人难免受灾。请不要急，在九月初九前，你要搬家，拣草木少的高地方搬，越高越好。只要照我的话去做，就可避灾。"说完，过客就走了。

庄稼汉听了过客一席话，肚里搁了一桩心事。他屈指一算，还有二天就是九月九，越想，心中越感到不踏实，决计不管如何，先避避再说。他就叫老婆孩子一起把家中可拿的东西都往屋外高山顶岩石上搬。到了九月九清晨，东西搬得差不多了，他就领了老婆孩子离家往山顶上爬。他刚爬到山顶岩石上，回头一看，原住的房子着起火来。火越烧越大，山脚下、山腰中一片火海，幸亏山顶周围全是光秃秃的石头，火才没烧上来。

庄稼汉全家在九月初九爬山登高避灾一事，一传十，十传百，迅速传开了。到了第二年九月初九，一些人唯恐灾难落到自己家里，老老少少，纷纷搬家，登高避灾。可是，住在平原的一些人家，没有山也没有高地，怎么登高避灾呢？另外，九月九年年有，一年搬一次家，庄户人家也折腾不起呀。后来有人就想出一个办法，九月九做糕吃，糕、高同音，以吃糕表示登高消灾。在浦东农村，九月九吃糕前，先要把糕放在灶头上，点上香烛，敬献灶王爷。

在农村，还流传一句古话："重阳不吃糕，老来无人告。""告"是"请"的意思。原来，吃糕是好心人取代登高消灾的规矩，重阳不吃糕的

人，就不是好心人，说不定哪一天灾难来到他身上，所以其他人就像躲灾一样避开他，不跟他来往。

链 接

颛桥糕会

每到重阳，"九九重阳·颛桥糕会"系列活动便会如期而至，至今已连续举办了12年，深受闵行乃至上海广大市民的欢迎，对弘扬民族精神、展示民间艺术、演绎民俗风情起到了积极的推动作用。2015年，"颛桥糕会"被提升为市级项目，社会影响力日益增强，形成了独特的品牌效应，重阳节来颛桥品糕、买糕已成为闵行乃至周边地区居民的习惯和期盼。

锡箔的由来

元朝末年，朱元璋领兵起来造反。正在与元兵恶战之时，他手下李善长上来禀报："起义军兵马众多，军饷粮食十分缺乏。打仗没有本钱，得赶快想办法啊！"朱元璋一听，急切里实在想不出办法。手下有个专管钱粮的文官叫沈伯荣，他是江南人，晓得江南人有个风俗，叫"家无十两穷"。家家都有十两银子放在家堂里。这个十两银子，无论如何，勿好动用。因此，他就出来讲："这里家家家堂里有一只银元宝。何不下令借来救急，将来你一统江山，做了皇帝，再下令发还。老百姓恨鞑子横行不法，包侬家家肯献出来。"

当时，一声令下，老百姓果然把这十两银子献了出来。这样一来，朱元璋就威势大振，赶走鞑子，做了皇帝。

朱元璋做了皇帝，早把向江南老百姓借饷的事情忘记了。一日，皇帝坐朝，李善长出班奏道："当年借用老百姓的十两银子，理当发还，不然，对老百姓失了信用，有损皇上威望。"

朱元璋本性是个过河拆桥的人，心想，四海之内，都属皇家所有，百姓的银子，就是我的银子，何必再还。又一想皇帝讲出的话不大好赖，就叫手下人把锡烊化，打成绝薄的薄片，取名叫锡箔，并传下圣旨说："当年皇上借了你们的银子，现用锡箔来偿还。这种锡箔既可驱邪，鬼在阴间又可以当铜钿用。"

朱元璋用锡箔还百姓的钱　施瑞康绘图

当时老百姓重迷信，因此，皇帝的圣旨一下，全听从。凡捐献过十两银子的人家，都拿到了大量的锡箔，没有捐献的人家，也都纷纷来买。朱元璋见这是一本万利的生意，就从此作为定律。后来，人们慢慢地也习惯了，这锡箔就一直流传下来。

家中添丁分红蛋

上海民间流行着家中添丁（生小孩）分红蛋的习俗。这红蛋大多在请"满月酒"时分发。当亲戚朋友酒醉饭饱后告别时，东家便会送上一份红蛋。宅头邻舍也要分，至少2个，图个好事"成双"；多的6个，讨个"六六大顺"的口彩。那么，这分红蛋的习俗是怎么来的呢？

有一说是，从前有对夫妻，他俩起早摸黑种田度日。冬去春来，年复一年，夫妻俩不觉已四十开外，却未有一子半女，丈夫闷闷不乐。有天，家中的老孵鸡"格蛋——格蛋——"地叫。丈夫便对老婆说："我看侬还不如只老孵鸡，它还给我生个蛋呢！"妻子听了憋了一肚皮气，不久便卧病在床了。丈夫里里外外，忙得跌碎屁股，连鸡也顾不上喂，自然鸡也生不出蛋了。

有天丈夫回家，那鸡又"格蛋——格蛋——"地叫起来，他生气地把老孵鸡赶出门去。鸡窜到屋后的竹园里寻食，吃饱后，它又回到了鸡棚。傍晚，丈夫收工回家，老孵鸡又"格蛋——格蛋——"地叫起来，他朝鸡窝里一看，唉，里面有只双黄蛋，他连忙把蛋烧好给妻子吃。第二天，妻子的病好了，不久又能砍柴烧饭了。奇妙的是，自从妻子吃了双黄蛋后就有了喜。此后，老孵鸡生的蛋都给妻子吃。妻子怀胎十月后生了个胖小子，他们高兴得请了一帮弟兄喝酒庆祝。

吃到糊里糊涂的时候，主人无意中说出了妻子吃鸡蛋有喜怀孕生子的事来。大家便纷纷向他讨鸡蛋，说要带回去给儿媳，或者老婆吃，祈盼也能生个大胖孩子。主人便趁着酒兴，按人头分发染成红色的鸡蛋。从那后，生儿育女分送红蛋的古老习俗代代相传，直到现在。

磨刀水与分龙雨

　　在江南一带，到了农历五月，有几句谚语常挂在老农口头，其中有一句是"五月十三磨刀水，五月二十分龙雨"。

　　农历五月十三，通常处于芒种与夏至或小暑的前后，会有一个降雨的过程。那么为什么要说成是磨刀水呢，说来还有一段故事。传说五月十三那天若下雨，便是关公在磨刀了。关公磨刀的用水从南天门外落到凡间。只要这一天下雨便是吉兆，雨越大越好，预示着当年将"风调雨顺，国泰民安"。倘若此日不下雨，则属不吉之兆，预示当年可能有自然灾害肆虐。

　　关公为什么要在五月十三磨刀？传说关公死后，被玉帝封为"三星都督总管雷火瘟部宜府酆都御史"。他受命之后，时常下凡间察访，关心人间疾苦，并且呼风唤雨，使凡间风调雨顺。于是，各地老百姓纷纷建起了关帝庙，以祈祷生活美满。消息传至南海，引起了南海恶龙的嫉妒。有一年正值水稻扬花吐穗之时，趁关公因事外出不在天庭之机，恶龙便不把受托代管风雨的关平、周仓两将放在眼里，翻起逆浪，张开血盆大口，吸尽江河溪流之水，使稻田干旱。眼看将颗粒无收，农民急如热锅上的蚂蚁，就纷纷到关帝庙祈雨。关平、周仓敌不过恶龙，见势不妙，遂骑上千里驹，追寻关公回来征服妖龙。当关公返回南天门时，下界已是白地千里，旱情严重。他非常愤怒，就启奏玉皇大帝，请旨擒拿恶龙，为民除害。玉皇准奏，并赐了"先斩后奏"的令牌。关公当即率领天兵，定于农历五月十三在南天门外磨快青龙刀后出征。磨刀的水洒落人间，形成细雨，此后天兵一齐到南海与妖龙展开恶战，最终擒住恶龙，拔了龙须，抽了龙筋，逼使妖龙吐出满腹之水，旱情消失，人间终于恢复了风调雨顺的景象。

为了吸取此次教训，关公遂于每年农历五月十三，亲自在南天门外磨刀示威，并降甘霖。百姓为纪念关公磨刀降恶龙，这一天也会到关帝庙前焚香膜拜，敬献供品。久而久之，就把五月十三降的雨水称为磨刀水。

俗话说"五月多雨，龙各分域"。农历五月确实多雨，五月十三刚下了磨刀水，五月二十又来了分龙雨。宋人叶梦得《避暑录话》记载："吴俗，以五月二十为分龙日。"这一天又叫作分龙节，是天上的小龙离别老龙，到各自管辖的区域报到的日子。这些龙因不忍分离而流泪，泪水化作雨水，所以在此期间下的雨统称为分龙雨。农谚说，"五月二十分龙雨，石头缝里都是米"。老百姓认为，如果分龙那天下雨，那么这一年也会风调雨顺，定有丰收。

"五月十三磨刀水，五月二十分龙雨"，其实是数千年来，勤劳智慧的劳动人民总结出来的节气规律。

造屋"抛梁"有由头

江南旧时造房上梁，民间都有一个很隆重的习俗。那就是造房建屋的这户人家，得用红纸铺在一只盘子上，上面装满了馒头、糕和香烟、钱等物，然后请造屋的师傅爬到房梁上，把这些东西抛下来，这被称为"抛梁"。"抛梁"这个日子往往还得请风水先生选个黄道吉日。而用馒头、糕、香烟、钱则是寓意这户人家蒸蒸日上、高升发达、红红火火、财源滚滚。关于这个习俗的由来，民间还有一段有趣的传说故事哩。

相传明朝开国初年，江南有一户人家造新房子，造屋的主人为图吉利，特意请了一个风水先生，让他们来定上梁的具体日子。这个风水先生据说"道行"很深，只见他手拿一方罗盘，口袋里藏着阴阳历书，扳着手指头算了又算，掐了又掐，神定气若地一口选定了一个在民间认为是一年中最最不吉利的"黑煞日"上梁。

上梁这一天，这户人家的主人请酒摆席，招待八方宾客。不想此时正好碰上了大明开国皇帝朱元璋和他的军师刘伯温微服私访路过此地。

刘伯温上知天文，下通地理，对阴阳吉利更是能未卜先知。刘伯温一问情由，心里十分疑惑。他想，这户人家怎么会挑个"黑煞日"上梁呢？为了弄清事情的究竟，他便和刚刚登基的大明开国皇帝朱元璋进屋来。

这户主人见两位陌生人进屋来，自然十分客气，请坐递茶。刘伯温向造房东家问清情况后，便要见见那位风水先生。风水先生手捧茶壶，心安理得地来见刘伯温。刘伯温开门见山地就问他："先生，你知道今朝是个啥日子？"风水先生若无其事地回答："今朝是个'黑煞日'呀！""你是风水先生，总该知道'黑煞日'是什么日子吧？""那当然知道，'黑煞日'不是好日子。"刘伯温很气恼地又追问："你既然晓得不是个好日子，为什么要选这个日子叫人家上梁？"这时的风水先生却不忧不急，胸有成竹笃悠悠地回答说："今朝确实不是个好日子，但情况是会变的，相公一到，先生一来，不是好日子也顿时变成好日子了呀！"

刘伯温一听，心里顿时一惊，此人果然厉害，道行很深，居然能算到今朝我和皇上会经过这里，这样的神机妙算，比我还要略高一筹。便说："如此说来，今天也该是黄道吉日啰？"风水先生点头称是："上梁正逢黄道吉日，又恰遇龙星、智慧星驾到，真是千载难逢的吉星高照之日，难道不是这样吗？"这时坐在一边静听的朱元璋便附和着说了一句："你们这户人家看来要出状元、阁老的了。"说毕，大家哈哈大笑。造房的这户人家自然更是高兴万分，马上叫人拿来馒头、糕点、铜钿银子，让匠人从梁上抛下来，口中并念着《抛梁歌》："上梁正逢黄道吉日，又遇龙星智慧星！"

据说，这户人家后来果然是出了状元和阁老。从那时候起，在江南农村造屋建房，都要举行"抛梁"的习俗，且代代相传沿袭了下来。

贵人一到，不是好日子也变成了好日子　施瑞康绘图

青团子

清明时节，江南一带有吃青团子的风俗习惯。清明团子也称青团子，油绿如玉，糯韧绵软，清香扑鼻，肥而不腴，是一款天然绿色的健康小吃。蒸熟以后绿绿的松软的皮儿，豆沙馅心甜而不腻，带有清淡艾草香气，香糯可口。

据《琐碎录》记载："蜀人遇寒食日，采阳桐叶，细冬青染饭，色青而有光。"清代《清嘉录》对青团子更有明确的解释："市上卖青团熟藕，为祀祖之品，皆可冷食。"

那么为什么清明时节要吃青团子呢？传说很多，有人说有一年清明节，太平天国李秀成得力大将陈太平被清兵追捕，附近耕田的一位农民上前帮忙，将陈太平化装成农民模样，与自己一起耕地。没有抓到陈太平，清兵并未善罢甘休，于是在村里添兵设岗，每一个出村人都要接受检查，防止他们给陈太平带吃的东西。

回家后，那位农民在思索带什么东西给陈太平吃时，走出门，一脚踩在一丛艾草上，滑了一跤，爬起来时只见手上、膝盖上都染上了绿莹莹的颜色。他顿时计上心头，连忙采了些艾草回家洗净煮烂挤汁，揉进糯米粉内，做成一只只米团子。然后把青溜溜的团子放在青草里，混过村口的哨兵。

陈太平吃了青团，觉得又香又糯且不粘牙。天黑后，他绕过清兵哨卡安全返回大本营。后来，李秀成下令太平军都要学会做青团以御敌自保。吃青团的习俗就此流传开。

也有传言说是从前有个年轻人，名叫金兰。父亲亡故，靠母亲在家纺纱织布度日。金兰从小骄横懒惰，还要打骂母亲。但朝廷命令，田地抛荒要被处死，所以他只好硬着头皮去自家祖田干活。

金兰在野地里无意中看到母羊给小羊喂奶的情景，幡然醒悟，决心要报答母亲的养育之恩。母亲提着竹篮来送饭时，他主动迎上前去。母亲误以为自己送饭迟了，又要遭儿子打骂，一时想不开，投进水塘自尽。金兰立刻跳进水塘，但只摸到一块木板。他将木板拿回家中供奉在堂前。据说牌位就是这样来的。

为了纪念母亲，他将母亲放饭篮的地方长出的野草绵青采回来，做成苦饼。故事还说，这一天是小伙子清醒明理的日子，所以就把这一天叫作清明，并且每年清明日都带着苦饼到水塘附近的路边祭拜。

撑腰糕

二月初二是我国民间的春龙节。在古时又称春耕节。

民间传说，每逢农历二月初二，是天上主管云雨的龙王抬头的日子。天上的龙抬头了，雨水多起来了，大地也就返青了，春天也就来了，春耕也从南到北陆续开始了。因此，二月初二叫春龙节。

"龙，鳞中之长，能幽能明，能细能巨，能长能短，春分登天，秋分而潜渊。"许慎《说文解字》中的这段文字，也许是春龙节习俗的最早记载。春龙节在民间有很多习俗，在闵行一带的农村里，农民有二月初二春龙节做撑腰糕、吃撑腰糕的习俗。所谓撑腰糕，其实就是普普通通的农家米糕。据说，吃了撑腰糕，腰被"撑"住了，这一年干活就力气倍增。二月初二吃了撑腰糕后，新的一年农事就开始了。

这个风俗还有一段故事呢。

很久很久以前，江南这一带就开始种植水稻了。垦地、拔秧、插秧、耘田、挑担、割稻等一道道种植水稻的工序既复杂，又繁重，常常把人累得腰酸背疼。传说，那一年有一个青年农民居然累得直不起腰，疼得夜里难以入睡。做娘的当然万分心疼，到处求医、打听土方子治疗，但都没有见效。他心里十分郁闷，他的娘更是焦虑万分！腰直不起来，什么农活都不能干呀，他多么希望能有什么神奇的办法把他的腰"撑"直起来！

这年刚过了新年，村里来了一个走村串户的补锅匠。那个青年的娘没忘了向补锅匠打听何处有治疗腰背疼的神医。补锅匠说，在一百多里地外的一个小镇上，有一个八十多岁的老郎中，人称"半仙"，专治腰酸背疼的怪病，说不准你的儿子的病会治好。于是，娘和儿子商量，要去这个小镇上找这位老郎中治病。可是路途遥远，家中又没钱，路上用什么充饥呢？乡亲们纷纷送来了秋冬新收的糯米，让他们做些米糕，以备路上充饥。

　　正是农历二月初二这一天，娘陪着儿子，带着香喷喷的米糕上路了。走走、停停、歇歇，饿了吃米糕充饥。娘与儿子走了一天又一天，看着路上秀丽的风景和平日里没有见过的景象，原先郁闷的心情逐步舒畅了。一天，儿子早上醒来时，腰不酸、背不疼。站立起来时，背也能挺直了。"咦，怎么好了哟？真的好了呢！"他高兴得跳了起来！他与娘商量，没

有必要再去那个小镇上找老郎中了，还是回家春耕生产吧。

　　回到家，那个青年农民腰背挺直，精神特别好，仿佛换了一个人样。村上人都感到十分诧异，纷纷来询问治疗情况，当明白个中原委后，都说，只吃糕不吃药也不吃其他东西，多年的腰背病好了，一定是那米糕的作用！

　　从此，闵行这一带不少地方都在二月初二做米糕，吃米糕，并把这米糕叫作"撑腰糕"。也有的把过年做的米糕节省一部分，留到二月初二这一天，用油煎一下。吃了撑腰糕，种田挑担腰里就有力量，是米糕把腰背"撑"了。这一习俗就沿袭下来了。

第三部分 乡声俚语

风情诗词

过鹤沙

[宋] 张　荣

一条晴雪冻寒溪，寂寂芳塘路不迷。

野鹤何年海外去，荒鸡此路午前啼。

淡云欲锁千村合，丽日高烘万树齐。

闻道沙中多石笋，几时才得出淤泥。

鹤　坡

[宋] 许　尚

索寞东郊远，仙禽尽此藏。

梦回明月夜，林杪响圆吭。

唳鹤滩

[宋] 许　尚

养鹤人何在，湖边水尚清。

唤回中夜梦，滩上戛然声。

江东竹枝词

〔明〕陆 深

黄浦湾湾东转头，吴淞江下碧如油。

不用并州剪刀快，水晶帘下上西楼。

夜眺浦江

〔明〕曹 泰

月照黄龙浦水黄，南飞乌鹊夜茫茫。

晚潮天接海门远，秋草城埋沪渎荒。

龙蟠桥

〔明〕侯尧封

龙蟠桥上新月明，龙盘江上春水生。

自怜赠别无他物，醉把清光送尔行。

再过龙华寺

〔明〕陆 深

六月龙华两度游，陆行骑马水行舟。

风云塔院松将暝，烟火村家麦已收。

病到静余初减药，望穷天际更登楼。

桑榆苦爱清江曲，常愧山僧半日留。

上海竹枝词

[明] 顾 彧

沪渎祠荒古垒平，东西芦浦荻芽生。

袁崧向时防海处，何物孙恩敢弄兵。

竹枝歌江上看花作

[明] 袁 凯

黄浦西边黄渡东，新泾正与泗泾通。

航船昨夜春潮急，百里华亭半日风。

马益之邀陈子山应奉秦景容县尹江上看花二公

[明] 袁 凯

吴淞江上好春风，水上花枝处处同。

得似鸳鸯与鹨鹕，时时来往锦云中。

松江衢歌

[清] 陈金浩

龙潭五月聚龙舟，瓶酒随波没鸭头。

不及闵行喧夜渡，烧灯荡桨唱吴讴。

袁崧墓道草青青，沪渎红旗尚显灵。

错唤瓶山何处是，行人拾到赏军瓶。

松江竹枝词

［清］黄　霆

吴淞江水变琉璃，新制羊裘暖雪肌。

郎爱莘庄柑味好，花糕回赠可相宜。

练川杂咏

［清］王鸣盛

去去沙冈又外冈，槿花篱落自斜阳。

树头几点疏疏雨，便惹秋风作意凉。

枫溪竹枝词

［清］沈蓉城

北桥前后放生河，河畔我家属姓多。

老屋共看留庆生，一渠清水静无波。

沪城岁事衢歌

［清］张春华

春申浦岸此凝眸，江水从来截海流。

舴客舟来眠不稳，料量十八避潮头。

申江棹歌

［清］丁宜福

驰道中分水一条，敏航等渡妄心焦。

当年恨煞秦皇帝，只筑长堤不造桥。

向观桥下雪成堆，白马灵旗卷地来。
一笑鞋头双凤湿，大家都说看潮回。

寒潮寂寞打空城，沪渎千年故垒平。
一色芦花三十里，鸳鹅凫雁自飞鸣。

松江竹枝词

［清］顾　翰

三冈沿海极平沙，不植蚕桑不艺麻。
最怕风潮八月半，农家全植木棉花。

春申江上浪滔天，劫火烧来断水边。
妾苦今生修未到，郎家不住闵行前。

沪渎荒芜古垒斜，灵旗拂拂卷黄沙。
山农不知前朝事，漫把将军唤筑耶。

驰道修成观海潮，申江隔断水迢迢。
寻常唤渡愁风雨，恨煞秦皇不造桥。

吴淞估客惯漂洋，惜别依依惹恨长。

妾住龙华湾十八，湾湾曲似妾回肠。

地接三冈一道斜，采无桑叶绩无麻。
犹有滞穗周京意，处处田肥捉落花。

沪渎竹枝词

［清］李林松

木棉曾庆闵行丰，井被天移记道宫。
巨口鲈鱼今不见，白鮰来跃水当中。

申江竹枝词

［清］李林松

䌻得神龙数十双，由来竞渡说申江。
绿头鸭子黄封酒，几许豪情未敢降。

上海县竹枝词

［清］秦荣光

冈排沙竹紫三塘，绝浦而流百里长。
北抵吴淞南属海，境通奉上丈全量。

古冈三处有身横，紫竹沙冈各异名。
数尺土深螺蚌壳，浪高三涌海潮成。

乌泥泾镇宋元时,田父耕田得古碑。
顾陆诸贤曾集此,宾贤借作里名宜。

乌泥泾庙祀黄婆,标布三林出数多。
衣食我民真众母,千秋报赛奏弦歌。

姜家渡口白莲泾,由沪趋南汇必经。
杜浦闸溪双干外,此泾第一闹吴舲。

鸣鹤桥头鹤不鸣,赏军瓶积与山平。
闲寻院左天移井,亭筑当年陆树声。

南汇县竹枝词

[清]倪绳中

都台浦在航头东,闸港南北贯其中。
南流大㿟泾可达,北达咸塘曲折通。

仙禽产自下沙乡,叔道栖迟几十霜。
招鹤轩前风景好,鹤窠村里鹤坡塘。

正月半夜接灶君,荠菜圆子肉馄饨。
儿童放出茅塘火,又见塔灯现庙门。

周浦塘棹歌

〔清〕秦锡田

黄浦分支周浦塘，一湾一曲一村庄。

九十九曲到周浦，浦东浦西街路长。

口纳黄龙浦水长，东流三里即陈行。

再东三里桥头镇，两岸完全上邑疆。

陈行官义塾先开，光绪中年县令斐。

二十五年增五塾，农家子弟挟书来。

北桥竹枝词

〔清〕秦伯未

三月俞塘春水生，春风吹起浪花轻。

乡居不识鸳鸯鸟，日日滩头打鸭行。

松江竹枝词

〔清〕王　霆

龙潭水戏竞龙舟，五色光华射碧流。

黄歇庙前明月夜，火龙天矫滚珠球。

海上竹枝词

[清] 朱文炳

端阳竞渡兴难降，一带龙舟过浦江。

扮得荡湖船可笑，橹声摇去尽成双。

申江竹枝词

[清] 李行南

三月十五春色好，游踪多集古禅关。

浪堆载得钟声去，船过龙华十八湾。

糯谷干收杂禹粮，釜中膈膊闹花香。

今朝孛娄开如雪，卜得今年胜旧年。

闵行渡书怀

[清] 高不骞

水市临东浦，开篷一问津。

把锄归健妇，题扇有词人。

月出当江面，潮来溅树身。

飘飘逐鸥鹭，稍稍绝风尘。

韭菜街

[清] 黄家锟

街因种韭得垂名，孝子当年独行成。

堂上慈母勤侍养，园中隙地乐锄耕。

回思萍梗秋涛险，窃幸瓜庐夜梦清。

敢效茅容鸡特设，祝他丰本日滋生。

登春申阁

［清］黄家锟

春申浦上春申阁，社祭于今忆往年。

楚相距川才力大，吴儿踏浪颂声传。

上游泛溢归沧海，平野沟渠灌沃田。

踵事若无明太傅，沮洳仍复似从前。

马桥晓市

［清］黄家锟

初日俞塘上，纷纷赴市多。

物稀腾口价，人众接肩摩。

地僻风从俭，尘嚣雨后过。

石桥来往便，负载入讴歌。

游吴冲泾庙

［清］王　舟

江头遗庙境超凡，会意幽寻众妙咸。

动殿雷声前后浪，拂窗云影去来帆。

亭桥晓市

[清]沈　葵

晓日亭桥市，肩摩路不通。

斗粮谋汲汲，匹布抱匆匆。

未问鱼虾贱，但求薪米充。

三竿时欲幕，归去急农功。

田家月令

[清]张惠曾

正月田家贺岁朝，东邻西舍尽欢招。

旧来灯市今能否，相约杯盘乐一宵。

二月田家服用华，藜羹煮饭笋煎茶。

牧牛稚子携蒿菜，刈蒲村姑摘杏花。

田家三月过清明，驾犊扶犁力课耕。

烟雨霏霏身入画，天公妙手轶关荆。

四月田家到处忙，棉花欲种多登场。

种花预备公私赋，登麦时闻饼饵香。

千耦耕耘腰背驼，田家五月敢蹉跎。

者般辛苦无多日，饱听秋成大有歌。

日光如火昼方长，六月田家汗似浆。

破帽遮天骑犊背，牧童何福受清凉。

七月田家是暇时，省亲少妇抱娇儿。

几多瓜果时鲜物，夫婿亲携后面随。

木樨花发晚风凉，八月田家逸兴长。

螺构乍收垂叶露，鸭炉又炷敬天香。

秋稼如云喜气扬，田家九月庆重阳。

粉凝玉乳糕初熟，糟滴珍珠酒乍香。

十月田家社会哗，铺张肴核斗繁华。

东邻处士何为者，不看迎神看落霞。

冬至初交岁欲阑，田家欢饮坐团栾。

老翁指廪为儿说，一半须将官赋完。

爆竹声高响震天，还看丁倒贴春联。

田家腊月宽闲甚，整理衣衫待拜年。

次韵寿汪赘民先生

［清］陆　缙

纶封肇锡五云边，彩舞先呈大斗前。

举按德门称德配，填筹初度赋初筵。

桃花潭水情无际，桂子燕山泽正绵。

为羡紫薇江畔宅，宛如笙鹤在瑶天。

紫薇村看菊有怀吟巢居士

［清］诸　章

凉天云日吐还吞，篱畔风光耐久存。

移屐好寻黄菊径，扶筇遥向紫薇村。

有怀人与英俱淡，且喜香来酒正温。

翠叶茁芳吟未足，待开笑口共评论。

咏莺湖十景

［清］蒋淑英

自卑闻磬

老僧应入定，风送一声磬。

为问世间人，尘梦可曾醒。

尚义落虹

移坊建石梁，遗泽焉敢忘。

与其荣我家，曷若利我乡。

双杏垂荫

双杏高寻丈，垂荫十亩广。

其旁有女萝，也附孙枝长。

重坊旌节

女子贵从一，虚荣无足述。

抚此石坚贞，中有水霜质。

乐勤遗构

一尺复一斗，不借他人手。

归田乐此堂，述父而养母。

邢窦故墟

人杰地自灵，河以姓得名。

那知未千载，河名且变更。

蒋氏弦诵

何以妥先灵，书香幸留遗。

听到读书声，胜奏迎神词。

屠墓樵吟

昔为显者墓，今成樵采地。

翁仲纵无言，相对如堕泪。

南浦归帆

南望春申浦，一帆归远天。

得尝终养愿，不愧孝廉船。

东皋采药

傍河一土丘，疑是蓬莱峤。

采采满生意，临风更舒啸。

沙冈藤花歌

［清］黄步瀛

古沙冈上景一新，十家小市临江滨。

蒙茸压架藤回绕，不识花开几度春。

老干横斜枝顺逆，孤根合抱藤千尺。

纷纷缨络垂垂成，绿荫浓遮市廛宅。

旭日临空晴色暄，花枝万串映柴门。

翠幄香浮风细细，紫英云护蜂喧喧。

可惜芬芳在僻壤，个中妙景谁延赏。

我曾挈友到桥东，满地花英驻藜杖。

召稼楼赋

[当代] 刘永翔

湖湄高阁，天际洪钟。动游人之逸兴，希古献之高踪。召铁耕而成聚，撞金声以劝农。稼穑之难兮遍历，水旱之沴兮迭逢。终以绿畴碧野之袤，尽改黄茅白苇龙茸。拾级登高，望八隅以骋目；倚栏凝想，交万感之萦胸。

怀乡邦之前烈，仰国士之无伦。才如裕伯，名动枫宸。生为海滨之智士，死作沪渎之邑神。伟宗行之奇策，信李冰之后身。睹潴淤于笠泽，开浩荡之春申。峙大都于近世，导先路以斯人；极苍生之护庇，耀青史于良循。瞻衣冠之二像，宜俎豆于千春。

循巷陌，栏楼尘，穿光阴，于隧底，现往世于眼前。街依流而曲折，肆陈货之骈阗。招万邦之游观，利百物之贸迁。其大明之洪永，其盛清之康乾。瞥电光之焜耀，回古梦之联翩。非曩时之穰市，固熙代之新篇。升茶楼以品茗，入酒舍以尝鲜。问鱼钱于堤上，访土产于河沿。俟吾民之击壤，卜国祚其无边。

川任溯沿，舟腾欣乐，长幼兮同游，士女兮相约，避人海之喧嚣，耽水乡之寥廓。银鳞唼喋而升沉，白鸟翻飞以起落。船头借问，意存掷果；桥上相依，时窥赠芍。桥阴神定，静垂钓叟之纶；湖面歌飏，好振行人之铎。

念夫沧桑迭变，岁月侵寻。巷坊冷落，人物淹沉。归客低回负手，居人叹息弥襟。伟绩既辉煌于往日，遗踪忍倾圮乎而今。有司虑远，大匠筹深。为名都而造景，期土德之生金。志复旧观，擘画异楼台之弹指；力翻新意，发挥尽境界之由心。园修梅礼，湖凿皆泑。补天功之偶阙，护古邑之奇琛，昔也沃野仗前贤之辟垦，今乎高标邀吾辈之登临。我欲讴歌，祈司马凌云之笔；谁能摹写，奏伯牙流水之琴。丽以则兮诗人之赋，安以乐兮治世之音。盈耳钟鸣，莫掩微言之旨，倚空楼影，伫来大雅之吟。

链 接

竹枝词

竹枝词，一种诗体，是由古代巴蜀间的民歌演变过来的。唐代刘禹锡把民歌变成文人的诗体，对后代影响很大。竹枝词在漫长的历史发展中，由于社会历史变迁及作者个人思想情调的影响，其作品大体可分为三种类型：一类是由文人搜集整理保存下来的民间歌谣；二类是由文人吸收、融会竹枝词歌谣的精华而创作出的有浓郁民歌色彩的诗歌；三类是借竹枝词格调而写出的七言绝句，这一类文人气较浓，仍冠以"竹枝词"。之后人们对竹枝词越来越有好感，便有了"竹枝"的叫法。

棹歌

棹本义为船桨，棹歌即指渔民在撑船、划船时候唱的渔歌。后演化为与水乡有关的诗词，并形成一种独特的诗歌创作方法，刘铁冷《作诗百法》称其为"作棹歌法"。多为江南一带诗人使用。著名的有《兰溪棹歌》《鸳鸯湖棹歌》等。

民间歌谣

逢熟吃熟歌
正月新年看打春，

种田人逢熟吃熟最开心，

年糕吃罢糖茶喝，

再吃荠菜圆子肉馄饨。

二月春风屋门前，

燕子低飞绕屋檐，

鲜竹笋煎蛋有滋味，

老蚌肉嵌进豆腐皮。

三月上坟做清明，

韭菜炒蛋香喷喷，

菜笕摘来腌咸菜，

蒜苗烧鱼留客人。

四月立夏好秤人，

青梅酸来草头嫩，

家家户户新麦起，
求得风静吃麦焖。

五月端午吃枇杷，
新芦箬粽子角叉叉，
油煎黄豆好咽茶淘饭，
咸菜同烧豆瓣沙。

六月大热最难熬，
止渴吃点大麦茶，
黄浆塌饼吃到珍珠米，
黄金瓜吃完接西瓜。

七月杂烤用油煎，
腰菱近在宅河边，
场角头芦粟随手攀，
胜似青皮甘蔗一样甜。

八月中秋吃新姜，
囤里新米是香粳，
毛豆荚要配新米粥，
糖烧芋艿味香甜。

九月西风捉蟹天，

蟹罩蟹籍接连连，

小蟹烧来自己吃，

大蟹要卖好价钿。

十月家家备寒衣，

园田里蔬菜日日稀，

唯有荠菜新上市，

烧顿咸菜饭味道鲜。

十一月里冷呼呼，

鲜菜吃到油塌棵，

大白菜要经浓霜打，

好做冰冻豆腐大暖锅。

十二月里谢家堂，

慈姑地栗小盆装，

合家团聚庆丰年，

祈求来年更兴旺。

新娘子，坐轿子

哎哟哎哟抬轿子，

新娘子，坐轿子，

新娘新娘啥样子？

毛手毛脚尖牙齿。

啊！原来是个狼婆子。

快捉狼啊！

小弟弟小妹妹

小弟弟小妹妹跑开点，

敲碎么玻璃是老价钿，

嘿嘿嘿，哈哈哈，

敲碎玻璃老价钿，

小弟弟小妹妹，

敲碎玻璃老价钿。

小灯笼

红灯笼呀，绿灯笼呀。

辣椒地里，挂灯笼呀。

红灯笼里额绿灯笼，

辣椒地里额挂灯笼，

辣椒地里额挂灯笼呀。

卖梨膏糖

上海城隍庙，产销梨膏糖。

三分买糖，七分卖唱。

传统老字号，欢迎来品尝。

猫捉老鼠几更天

猫：猫捉老鼠几更天？

众：一更天。

猫：猫捉老鼠几更天？

众：二更天。

猫：猫捉老鼠几更天？

众：三更天。

猫：天要亮嘛？

众：亮哉。

猫：雨拉落哇？

众：落哉。

猫：我顶花花阳伞呢？

众：捉只老鼠衔去拉哉。

猫：老鼠呢？

众：拉洞里。

猫：我追到侬洞里。

酱油蘸鸡

酱油蘸鸡，萝卜烧蹄髈，

肉丝清炒，什锦两面黄，

糖醋小排，红烧狮子头。

啧啧啧，红烧狮子头。

卖糖粥

笃笃笃，卖糖粥，

三斤蒲桃四斤壳。

张家老伯伯，请侬开开门，

问侬讨只小花狗。

落雨了

落雨啦，

打烊啦，

小八腊子开会了！

大头娃娃跳舞了！

外婆桥

摇啊摇，摇啊摇，

一摇摇到外婆桥，

阿婆叫我好宝宝，

娘舅给我吃块糕。

哭烛包

一歇哭，一歇笑，

两只眼睛开大炮。

一开开到城隍庙，

城隍老爷哈哈笑。

炒黄豆

炒啊炒，炒黄豆，

炒好黄豆炒青豆，

炒好青豆翻跟斗。

从前有个老伯伯

从前有个老伯伯，

年纪活到八十八，

一日早浪八点钟，

屋里老小八介头，

搭上八路电车乘到八仙桥，

叫了一桌八宝饭，

用脱八块八角八分八，

八八八八八八八八八八八……

起床歌

叠好被头，摆好枕头，

轻轻讲句，夜里碰头。

十子歌

小八腊子，白相石子。

侬打弹子，我滚轮子。

侬造房子，我顶柱子。

侬跳绳子，我抽陀子。

侬掼结子，我套圈子。

侬扯铃子，我飞蜓子。

扳落石头上高山

你要啥，

我要好。

啥叫好，

好宝宝。

啥叫宝，

宝塔山。

啥叫山，

山里有只大老虎。

啥叫虎，

花狸斑。

啥叫斑，

扳落石头上高山。

小星星

小星星，

亮晶晶，

青石板上钉铜钉。

小星星，

亮晶晶，

伊拉对侬眨眼睛。

赖学精

赖学精，

白相精，

书包惯了屋头顶，

看到老师难为情。

摇篮曲

摇摇摇，摇摇摇，

小宝宝，快睏觉，

明天带你去看操，

芦柴马，竹片刀，

将军年纪小，

昂首志气高。

摇摇摇，摇摇摇，

小宝宝，快睏觉，

明天带你去看操，

买梨梨，买枣枣，

买了多多少，

送给小将军作慰劳。

唔，唔，唔，

小宝宝，快睏觉。

数青蛙

一只青蛙一张嘴，

两只眼睛四条腿，

扑通跳下水。

两只青蛙两张嘴，

四只眼睛八条腿，

扑通扑通跳下水。

三只青蛙三张嘴，

六只眼睛十二条腿，

扑通扑通扑通跳下水。

弟弟疲倦了

弟弟疲倦了，眼睛小，

眼睛小，要睏觉。

妈妈坐在摇篮边，把摇篮摇。

盎盎我的小宝宝，

今天睡得好，

明天起得早，

花园里去采葡萄。

八字令

隔壁张伯伯，

今年八十八。

二月二十八，

跑到八仙桥。

买了百家衣、百兽图，

还有一本《百家姓》。

吃了八宝饭、八珍糕，

还在八仙桌上吃了一碗腊八粥。

用脱铜钿八元八角八分八厘八毫八，

回到屋里摆咾摆，

爬到床上噼里啪！

敲铃弹琴

小玲会弹琴，

小琴会敲铃。

小玲要敲小琴的铃，

小琴要弹小玲的琴；

小琴教小玲敲铃，

小玲教小琴弹琴。

山里有只猫

山里有只猫，

庙里有只缸，

缸里有只碗，

碗里有只蛋，

蛋里有只小和尚，

嗯啊嗯啊要吃绿豆汤。

蜜蜂上洞

蜜蜂上洞，

上洞上洞，

上得高，

吃把刀，

上得低，

吃只鸡。

墙上挂面鼓

墙上挂面鼓，

鼓上画老虎。

老虎踏破鼓，

买块布来补。

到底是布补鼓，

还是布补虎？

大蜻蜓

大蜻蜓，绿眼睛，

两只眼睛亮晶晶，

飞一飞，停一停，

飞来飞去捉苍蝇。

一只小花狗

一只小花狗，

眼睛骨溜溜，

坐在门口头，

想吃肉骨头。

踢踢扳扳

踢踢扳扳，

扳过南山，

南山北斗，

买猪买牛，

牛蹄马蹄，

啥人狗脚缩起。

嗳唷哇

嗳唷哇，

做啥啦，

蚊子咬我呀，

快点上来呀，

上来做啥啦，

上来白相呀。

小蜘蛛

小蜘蛛，能吃苦，

网子破了自己补，

补得快，补得好，

苍蝇嗡嗡嗡，

飞来就捉捞，

蚊子嗡嗡嗡，

飞来跑不掉。

萤火虫夜夜红

萤火虫，夜夜红，

飞来飞去捉青虫，

青虫捉勿着，

倒拨菱角触仔脚，

荷花塘里讨膏药，

膏药讨勿着，

一烂烂脱半只脚。

都是好孩子

张家有个小胖子，

自己穿衣穿袜子，

还给妹妹梳辫子。

李家有个小柱子，

天天起来叠被子，

打水扫地擦桌子。

王家有个小妮子，

找了钉子小锤子，

修好课堂小椅子。

周家有个小豆子，

捡到一只皮夹子，

还给后院大婶子。

小胖子，小柱子，

小妮子，小豆子，

他们都是好孩子。

俗谚俚语

鬶口封得住，人口封勿住（要想让知道情况的人不讲，做不到的）

吃肉个吃肉，吃骨头个吃骨头（苦乐不均、利益不均）

钉头碰着铁头（双方互不买账）

跟仔阿妈吃喜酒（随大流。跟班、不负责者语）

恨到肚肠根（恨至入骨）

红脚桶里翻个身（重新投胎出生一次。红脚桶，旧时接生用有脚桶）

救人救仔落水狗，回过头来咬一口（被人恩将仇报）

救仔田鸡饿煞蛇（有一利必有一弊）

苦（穷）来像阿刘（流）（穷苦或活累）

裤子从下头着起（事情是从下面办起的）

獭个虱来头里顶（自找的麻烦）

猫也要笑瞎眼睛（坚信此事不可能）

拿个早来磨个晚（白白浪费了时间）

年三十罚咒，年初一照旧（本性难移）

七石缸里撩芝麻（意同"大海里捞针"）

千拣万拣，拣着个麻子瞎眼（过分挑剔反而不利）

求来个雨勿大（恩赐得来的有限）

人都死拉（在）板门上了（太晚了，来不及了）

肉酥拉（在）汁里（肥水没有外流）

三亩竹园一只芽（特指家庭只有一个儿子，非指现在的独生子女）

舌头舔勿着鼻头（困窘、拮据，钱不够花）

湿手搭面粉（受累、无法脱离干系）

汤里来水里去（从这个地方得到，又从另一个地方失去）

讨个猪骨头来牙（即自找麻烦）

偷来个金锣勿响（心虚而致）

勿会摇船嫌港曲（强调客观原因）

闲话里嵌小铜钿（话中有话）

丫鹊窝里出凤凰（普通人家出人才）

盐钵头打翻拉（在）酱缸里（没有损失，没有外流）

养只狗来咬脚块子（自找的麻烦）

一个柴堆两头拔（开销大）

一拍一脗缝（完全合拍，话语相符）

约仔好日呒好天（自己无法作主）

自家笨，拿别人恨（不从自家身上找原因）

自家买棺材睏（自己找的死路）

嘴硬骨头酥，一碰像只烂落苏（外面看着强，其实内部很弱小）

前头人跌煞，后头人扎滑（教训有益）

铜勺勿能铲饭糍（各有本事）

硬柴独怕软柴捆（强者有弱点）

零碎驳趸当（积少成多）

踏仔曲蟮两头翘（弱者也有反抗动作）

歇后语

叉袋养出捎马来——一代（袋）不如一代（袋）

城隍老爷戴孝——白袍（跑）

初三夜里月——有当没

床底下放鹞子——大高而勿妙（不会好到哪里）

刀劈夜明珠——七（切）宝（闵行地名）

的确凉当揩台布——良材劣用

豆腐篓挽水——眼泪（里）出（豆腐篓，一种竹篮）

坟墩脚跟打枪篱——蜡（拦）棺材（骂人傻）

隔仔黄浦挽手——搭勿够（交情不深）

脚炉盖当镜子——看穿

老鼠跳拉（在）砻糠里——空欢喜

料刀放拉（在）浜里——闸港（江）（闵行地名）

弄堂里刮镬——梅陇（霉弄）（闵行地名）

陌生人吊孝——死人肚里得知

木头人摇船——勿推扳（不差、好）

肉骨头敲桶鼓——昏（荤）冬冬

三年勿种花——道（稻）地

生手扯二胡——自顾自（吱咕吱）

手拿铁铬防夜——笨贼

铁铬换柄——莘庄（新装）（闵行地名）

蚊子叮老爷——看错人头（老爷，庙里菩萨）

屋檐下个洋葱头——根蕉叶烂心不死

瞎子打秤——勿在心上

阎罗王爷——老鬼（能干、熟练者。爷，父亲。鬼，音居）

夜壶挽水——稳成

纸糊栏杆——靠勿住

蚂蚁相打——闯勿出大祸

当家和尚——庙头（庙谐苗）

木匠弹线——眼开眼闭

皇帝剃头——呒没皇发（皇发谐王法）

引线搭桥——难过

踏瘪皮球——一包气

卫生口罩——嘴巴浪一套（喻方便）

十五只小菜——七荤八素

肚皮里撑船——内航（内航谐内行）

井底里雕花——深刻

清蒸马鲛鱼——嘴硬骨头酥

张飞骑白马——黑白分明

稻柴人救火——自身难保

九曲桥浪散步——走弯路

肚皮里做功夫——闷声勿响

弄堂里扛木头——直来直去

六月里着棉鞋——热脚难过（热脚谐日脚，日子）

臭河浜里吊水——拎勿清

大闸蟹垫台脚——硬撑

告化子唱山歌——穷开心

阎罗王出告示——鬼话

大肚皮走钢丝——挺而走险（挺谐铤）

黄牛角水牛角——各归各

老虎头浪拍苍蝇——寻死

蟛蜞爬在芥菜上——不上不下

额角头浪顶扁担——头挑（头挑，第一，首屈一指）

老虫钻辣风箱里——两头吃轧档

芝麻落辣针眼里——巧得很

买豆腐勿带家生——捧勿起

七个铜钿对半分——勿三勿四

三只节头捏田螺——稳拿

三分颜色开染坊——勿识相

泥鳅黄鳝轧朋友——滑头碰滑头

万宝全书缺只脚——美中勿足

大世界里照哈哈镜——怪模怪样

大闸蟹走淮海路——横行霸道

绕口令

白庙白猫

山上有座白庙，地上有只白猫，白发老公公落脱一顶白帽，白猫衔了白帽逃进了白庙。

墙与羊

张家打堵墙，杨家养只羊。杨家个羊撞倒张家一堵墙，张家个墙压杀杨家一只羊。杨家要张家赔羊，张家要杨家赔墙。到底是杨家个羊撞倒张家个墙，还是张家个墙压杀杨家个羊？

庙里猫庙外猫

庙里一只猫，庙外一只猫。庙里猫要咬庙外猫，庙外猫要咬庙里猫。到底是庙里猫咬了庙外猫，还是庙外猫咬了庙里猫。

墙浪有面破锣

墙浪有面破锣，台浪有只破锅，床浪有条破裤，包里有块破布。破布补破裤，破锣套破锅，卖脱破布破裤换破土布，卖脱破锅破锣调火炉。

天浪七只星

天浪七只星，地浪七块冰，树浪七只莺，梁浪七只钉，台浪七盏灯。星冰莺钉灯，灯钉莺冰星，呼卢呼卢扇因灯，嗳嘠嗳嘠拔去钉，哦嘘哦嘘赶走莺，飞过乌云盖脱星，抽起一脚踢碎冰。念是七遍就聪明。

吃橘子，剥橘壳

吃橘子，剥橘壳，橘壳拉北壁角。到底是橘壳碰壁角，还是壁角碰橘壳。

小热昏

说起来个稀奇，啥个事体？上海个地方，大来个邪气。徐家汇朝南，龙华宝塔有名气。昨日夜里，出仔个事体，衖里个宝塔，拨贼骨头偷去。正巧拨拉，瞎子里个看见，哑子喊捉贼，拨聋子听见，拨风瘫人捉牢，算伊晦气。捉牢仔个小贼，呒啥客气，拿伊送到，邮政局里。

有家人家姓杨

有家人家姓杨，有家人家姓强。杨家养只羊，强家造座墙。杨家合羊要过强家合墙，强家合墙挡牢杨家合羊。杨家合羊撞倒强家合墙，强家合墙压杀杨家合羊。杨家要问强家赔羊，强家要问杨家赔墙。到底应该是杨家赔强家合墙，还是强家赔杨家合羊？

大鼻头，触霉头

兰花头伐是好户头，对准大鼻头额下头，撩起来就是一脚头，大鼻头，触霉头，痛了一个多号头，日里外头避风头，夜里蹲了门口头，生怕回去收骨头。

轧苗头

伊拉屋里爷老头，有的一只大鼻头，国泰门口一家头，打桩模子翻跟头，大鼻头会轧苗头，生意碰碰起蓬头，有了一眼花纸头，乃么开始轻骨头。

小鬼头

隔壁人家屋里头，交交关关小鬼头，阿大阿二阿三头，一直排到阿八头，名字叫得老嚎头，阿大小头头，阿二烂泥头，阿三洋葱头，阿四长杠头，阿五五香头，阿六咸菜头，阿七芋艿头，最好白相是阿八头，嗦只橡皮奶奶头。

谜　语

望伊亮晶晶，好像青石板浪钉铜钉。（打一自然现象——星）

嘴尖吭没舌头，眼睛生辣胡咙口。（打一物——剪刀）

瘦长身体，尖头把戏，外面穿个木头衣，一根肚肠通到底。（打一物——铅笔）

一个小宝宝，面皮真正老。打伊一拳头，朝上跳一跳。打得越是重，跳得越是高。（打一玩具——皮球）

红衣穿满身，中央生黑心，一时冒了火，打得碎粉粉。（打一物——炮仗）

一个骷髅头，四面光悠悠，一刀两半爿，有皮吭骨头。（打一食物——西瓜）

脱去青衫就要忧，尖刀剐我勿停留，榨出我血止了渴，却将骨头随意丢。（打一食物——甘蔗）

一个刺客小身材，黄昏黑夜即便来，飞檐走壁本事好，刺中一刀就逃开。（打一昆虫——蚊子）

东面一座山，西面一座山，永世勿往来。（打一身上物——耳朵）

一个葫芦七个洞，兜来兜去尽皆通。（打一身上物——头）

一条长弄堂，当中交关小天窗。一阵风声起，满弄歌声唱。（打一物——笛子）

小小辫子竖上天,吭头吭脚活神仙,肚里能藏男和女,叮叮当当奔向前。(打一物——电车)

四四方方一块田,划碎仔咾卖铜钿。(打一食物——豆腐)

爷么蓬头,娘么蓬头,养个儿子尖头。(打一植物——竹笋)

身上着仔天青缎子,头上戴仔红鸾帽子,讲起闲话来么嗯仔重仔。(打一昆虫——苍蝇)

东南角上只红脚桶,端死端煞端勿动。(打一自然界事物——太阳)

生不好吃,熟不好吃,一程烧咾一程吃。(打一生活用品——香烟)

菜荠不摘。(打一地名——新场)

瞎子汰浴。(打一个国家名——斯里兰卡)

十个小哥哥,分成两小组,吭事各归各,有事大家做。(打人体一物——手指)

驼背老公公,胡苏翘松松,杀脱吭没血,一烧就变红。(打一食物——虾)

连牢三只小摇篮,胖胖囡囡淡红衫。再要剥开来,白白屁股两半爿。(打一食物——长生果)

一把年纪,贼遢兮兮,推伊一记摇三记,还是笑嘻嘻。(打一玩具——不倒翁)

日里向开箱子,夜里向关箱子,箱子角落里有个新娘子。(打人体一物——眼睛)

一个黑小囡,从小口勿开,总算开仔口,舌头跌出来。(打一食物——西瓜子)

圆头小人排排坐,拨一拨,动一动。(打一物——算盘)

一头烧，一头吃。（打一物——香烟）

假肢工厂。（打一常言俗语——做手脚）

八个双人床。（打一上海地名——十六铺）

望眼。（打一常言俗语——想勿落）

采购小排。（打一三字俗语——收骨头）

稀客。（打一上海著名美食品牌——鲜得来）

三个男人洗澡。（打一娱乐设施——落袋）

上海话。（打一法律词语——申诉）

白娘娘斗法海。（打一上海话俗语——精打光）

盼望天晴。（打一上海话俗语——想勿落）

正宫调（打一上海话俗语——娘娘腔）

嬉嬉笑笑，跟人报桥。火烫勿焦，棒打勿跑。（打一日常现象——影子）

参考资料

1. 上海县文化志编纂委员会编,《上海县文化志》,上海社会科学院出版社,1993年3月;

2. 上海市闵行区地方志编纂委员会编,《上海市闵行区志(1992—2011)》,上海人民出版社,2018年5月;

3. 张渊编,《中国民间文学集成上海卷——上海县分卷》,1989年;

4. 傅琪琳编,《中国民间文学集成上海卷——闵行区故事、歌谣、谚语分卷》,1989年3月;

5. 张乃清编,《中国民间故事全书·上海·闵行卷》,知识产权出版社,2011年4月;

6. 上海市闵行区非物质文化遗产保护中心编,《颛桥镇非物质文化遗产汇编》,2008年;

7. 张春华著,《沪城岁事衢歌》,上海古籍出版社,1989年5月;

8. 顾炳权编,《上海历代竹枝词》,上海书店出版社,2018年1月;

9. 陈福明、罗锦旗编,《北桥志》,1987年11月;

10. 闵行区区志办公室、纪王镇志编纂委员会编,《纪王镇志》,学林出版社,2007年9月;

11. 上海县华漕乡人民政府编,《华漕志》,1988年;

12. 上海县陈行乡人民政府编,《陈行志》,1988年;

13. 上海县塘湾乡人民政府编,《塘湾志》,1987年;

14. 上海县颛桥乡人民政府编,《颛桥志》,1989年;

15. 上海县莘庄乡人民政府编,《莘庄乡志》,1987年2月;

16. 上海县诸翟乡人民政府编,《诸翟乡志》,1985年;

17. 闵行区区志办公室、梅陇镇华一村村民委员会编,《华一村志》,学林出版社,2003年12月。

图书在版编目(CIP)数据

小辰光,那些故事:闵行民间文学汇编/闵行区政
协学习和文史委员会编;徐晓彤主编. — 上海:上海
书店出版社,2019.12
("发现闵行之美"闵行区政协文史丛书)
ISBN 978-7-5458-1871-0

Ⅰ.①小… Ⅱ.①闵… ②徐… Ⅲ.①民间文学—作
品综合集–闵行区 Ⅳ.①1277

中国版本图书馆CIP数据核字(2019)第256112号

特约编辑 吴玉林　樊惠安　姚　尧
丛书策划 闵行区政协学习和文史委员会　明镜文化
责任编辑 顾　佳
封面设计 汪　昊
插图绘制 施瑞康

小辰光,那些故事——闵行民间文学汇编
"发现闵行之美"闵行区政协文史丛书·民艺乡俗辑

徐晓彤　主编

出　　版　上海书店出版社
　　　　　　(200001　上海福建中路193号)
发　　行　上海人民出版社发行中心
印　　刷　上海丽佳制版印刷有限公司
开　　本　710×1000　1/16
印　　张　14
版　　次　2019年12月第1版
印　　次　2019年12月第1次印刷
ISBN 978–7–5458–1871–0/I.493
定　　价　48.00元